AQUARIUS

AQUARIUS

AQUARIUS

AQUARIUS

Vision

Vision

一些人物，
一些視野，
一些觀點，
與一個全新的遠景！

說好一起老
瞿欣怡

這本書獻給我的愛人，阿述。

謝謝她十五年來的陪伴。她寬厚地包容了我的任性與脆弱，因為她，壞掉的我被修復，成為一個完好的人。

我們共同走過人生低谷，一同面對至親死亡，並肩尋找人生方向，偶爾相擁哭泣，時時相視而笑。當癌症來襲時，我們更用力地守護彼此，從不走開。

愛究竟是什麼？沒有人說得清楚，對我來說，那是一日一日累積的，瑣碎又平凡，比如，阿述會吃光盤子裡的紅蘿蔔，我每天早上為她磨一杯老薑茶。

愛總是從最平凡的地方開始。如果非要說得高深，愛也許就是一抹理解的微笑吧，理解對方的混亂與痛苦，帶著微笑，靜靜陪在她身邊。

能夠遇到阿述，是我人生中最幸運的事。盼望我能夠繼續擁有這份幸運，和阿述牽手到老。

我更衷心期盼同志婚姻合法化，無論在法律上、在心態上，我們都不用再忍受歧視。

對於同志婚姻，我們渴望的很簡單，就是活著的時候好好在一起，離世後可以安心地走，不用擔心活著的人孤單飄零，擔驚受怕。

身為同性戀並不羞恥，我盼望有一天，所有相愛的伴侶都能抬頭挺胸，愛得理直氣壯。

【序二】

帶著各自的旅程，在一本書裡相遇

傅月庵（「掃葉工房」主持人）

「幸福的家庭都是相似的，不幸的家庭則各有各的不幸。」托爾斯泰名著《安娜．卡列尼娜》開場白。這句話像冰山，容易讓人誤解。實者，人生的幸福與不幸絕非「斷裂」，而是「連續」。幸轉不幸或不幸轉幸，才是常見；不幸之中，經常孕育有幸福種子，反之，「公主與王子從此過著快樂幸福的日子」之前，總要幾經波折，打敗惡龍，破解老巫婆黑魔法，方才有以致之。

換言之，組成家庭的人是能動、可動的，幸福與否，多半還是掌握在自己手中。「有些人把一角解釋做一元的十分之一，有些人則解釋做一文的十倍。」夏目漱石這句話，或許更能辯證地說明「托爾斯泰冰山」底下的那90％。

兩人差很多。一個快，一個慢。一個熱情、天真，一個理性、務實。一個靠感官生活，只要吃飽就沒在怕，肚子一餓，天翻地覆。若有來生，只想當隻海豚，高興時便跳出水面轉它幾圈；一個靠腦袋過日子，給什麼吃什麼，隨隨便便，飯量奇小，但願轉世成隻綠繡眼鳥啾啾啾。兩人碰在一起，已載滿歡樂亦辛酸，一路走來，吵吵鬧鬧，每次吵架總要趕快結束，因為下一架已在後面排隊等了。——我的朋友小貓和她的老爺，十五年搬了近十次的家，台北花蓮來來去去，吵架不停甜甜蜜蜜，「大道多歧，人生實難」，但也就這樣走過了。

都能理解的。情侶、伴侶、夫妻，相愛容易相處難。談戀愛時，兩眼朦朧，浪漫樂觀：天大的山，只要能手牽手必定翻越得過去，天涯海角哪裡到不了？明明個性大有「差異」卻堅信「互補」的歡喜：我沒有的你有，你沒有的我有，相愛在一起，不就什麼都有了？但，連擠牙膏的順序——由前或由後——都不一樣的兩個人，天天處在同一個屋簷下，躲都躲不了，一旦開火，誰該讓？誰先低頭？其慘烈可想而知。但沒有「磨」哪來的「合」呢？這種事談不上不幸，無非類如「小確幸」的「小確不幸」，僅能算是人生的小功課，愛的小習題，一吵再吵，錯中勤學，自能漸漸鍛鍊出某種「默契」。

「默契」是重要的，因為「無常」怪物正等著你們，能不能「執子之手」，能不能不棄不離，能不能「與子偕老」？這才是真正的考驗。人生免不了生老病死，偏偏四件事往往不照順序來——所以稱無常——前一刻鐘兩人還興高采烈討論下一餐要吃什麼，明天要去哪裡看海曬太陽？下一刻鐘它卻來敲門要命，不讓你活了。電影演的，書上寫的，一下子妳成了女主角，怎麼辦？

天有不測風雲。某日，小貓和老爺手牽手相偕出門看小病，偶然瞥到「免費篩檢」四個字，護士相招，讓人心動，順便做它一下，誰知反客為主，陪相親的轉成新娘子，竟驗出腫瘤且係惡性：老爺得了癌症！這下子慘了，兩人所受的焦慮與煎熬，遠超出一般夫妻千百倍，原因出在小貓和老爺是一對同性伴侶。十五年來，台灣同志運動風起雲湧，從拒斥、歧視、厭惡到相對開放、接受、友善，兩人「爭先恐後」，熱情參與，寫文章，辦活動，其間的徬徨吶喊，壓力陰影，固不足為外人道也。好不容易，雲漸淡，風漸輕，共同經營出一畝小天地，誰知便碰上這厄運，而一頭撞到了體制最堅硬的部分。——我無意說台灣法律「歧視」同志，但相關法律條文遠遠落後於社會現況，卻是不爭的事實。明明一起生活近半輩子，攜手建立家園的「老爺夫人」，碰到重大疾病要手術開刀了，卻無法替對方簽字負責，因為妳不是「法律上的家人」；為了防老怕意外，兩人說好買保險，受益人互相填對方名字，卻不踏實，因為法律狀況多多，只好七拐八彎，設法投「擦邊球」，以求圓滿……——法律之前人人平等，但「異性戀」比「同性戀」更平等一些，在我們這個國家，事實如此，不容否認！

小貓這本書寫得簡單，不過一年多的陪病手札耳，文章長長短短，甚至有些凌亂，卻絲毫不妨礙它的好。好在哪裡？好在一個「真」字。她用最乾淨簡單的文字講出了超乎性別的真情摯愛，讓人一路隨著她忐忑不安，跟著她苦中作樂，為了她的委屈不禁「幹譙」，也因她的勇敢而不捨讚嘆，最後更且在她的帶領下，思索出更寬廣的生死道理，愛的意義。「什麼叫專業？用人人聽得懂的話，講出人人都不太理解的道理。」若是這樣，小貓誠然是個療癒專家，以她艱難的生命歷程，療癒了讀者的心靈。書中一節：眷村改建，小貓打包搬遷，移開早逝父親的床鋪，看到因長年病痛而脾氣暴烈，常以暴力撕裂家人的父親用毛筆在牆邊寫下「要忍耐」三字，小貓終於與以為「一輩子都不會原諒」的人和解了。我邊讀邊拭淚，終至淚流滿面。因我也想起、也更加諒解那久病而逝，脾氣暴烈的我的父親啊！——誰說「不幸的家庭則各有各的不幸」!?

「總有一天，我們會帶著各自的旅程，在終點相見。」書裡某篇最後一句話。閱讀也是這樣的吧!?好書讓每個人的閱讀旅程看到了自己的風景，聽到了共鳴的聲音，小貓用心寫了一本好書，翻讀到終點，我們都更豐饒了。

藝文各界◎淚眼推薦

王小棣（導演）

何妨穿透

癌症，不只是病。
癌症，是關於失調的成長。
癌症，是關於發現一部分完全沒有察覺卻早已存在的自己，然後怎麼跟這樣的自己相處。
癌症，是關於家庭傳承、個人習性，和集體的過度。
癌症，是關於認識並領受生命終結的一個機會。
瞿欣怡因為愛情做了陪伴，又因為陪伴有了省思、謙卑、祈禱、憤怒。萬般不捨帶著她穿透了自己的童年、恐懼、深層的傷痛，和稍縱即逝卻又泉湧不息的生命力。
有機會看見自己，請不要只是悲傷驚恐。

呂欣潔（作家．同志平權運動者）

這本書所記載的，幾乎是每個人都會面對的人生，但身為同志，我們除了要去面對生命可能離去的恐懼外，還要打起精神挺起胸膛對抗整體社會的不了解與歧視。

在我自己經歷心愛的妹妹離世的過程後，我更無法接受，如有一天我的伴侶在面對疾病與死亡中，而我無法陪在她身邊的痛楚。這除了是一個愛的故事，也請看見這是同志的故事。請看見我們的一樣，與不一樣。縱使在台灣的同志權益已逐年進步，但距離平等卻還遠遠不夠。望你我異同努力，平等終將到來！

陳文玲（政大廣告系教授兼X書院總導師）

這些年來，每每在愛情裡翻攪，總是抱住小貓流淚，聽著阿逑分析，昨晚，捧著手稿，讀完他們的故事，突然明白，這世上還是有永遠的。

把永遠當作期待，不管多認真，還是會落空；給出永遠的承諾，不管多用力，註定要心痛；只有在某個年紀，回頭看此生，因為愛、因為柔軟、因為接納了全部的自己，因此愛、因此柔軟，因此接納了全部的對方，在每個轉折等待心裡的歌聲，在每個路口選擇難走的那條，突然看懂，就永遠了。

我好好睡了一覺，夢裡，陳奕迅對著我輕柔地唱，「還會有人讓你睡不著，還能為某人燃燒，我親愛的這樣浪漫的煎熬不是想要就能要，別炫耀。」

在此之前，我只會戀，在此之後，我學會愛。

畢恆達（台大城鄉所教授）

與同性的人相愛，對某些人來說，是異常；對另一些人來說，卻是如呼吸般的日常。親密關係的基礎，除了身體，更關鍵的是愛。有誰有資格去評斷兩個彼此相愛的人呢。

生老病死是每個人無可迴避的人生路徑。有些人病痛少一些，對另一些人，病痛卻是每天的日常。生病是身體在對我們說話，除了對抗它，也必須學習如何與它相處，繼而從中體會自我、人際與生命的意義。

《說好一起老》用很溫柔（有時激憤）的語言，訴說一段陪伴的歷程。讀著讀著，從旁觀而浸淫而自省，如果是我，我會怎樣呢？《說好一起老》是一封令人動容的好太太撰寫的情書。

喀飛（同志諮詢熱線協會理事）

《說好一起老》翔實紀錄伴侶阿逑罹癌後，小貓和同志伴侶一起面對：複雜的醫療決策，還有影響病人的飲食習慣、居住環境調整，以及，隨之而來的生命風險準備、伴侶與原生家庭關係。

小貓細膩的文字，讓讀者彷彿一起經歷諸多難題；流露的真摯情誼，讓我一邊閱讀一邊落淚揪心！腦海裡也不斷浮現，一樣是同志的我，會怎樣看待隨時間而來、無法逃避的身體病痛或凋零？

對中老年同志來說，愛情與伴侶關係，不只是浪漫或言說而已，「說好一起老」挑戰更大。謝謝小貓無私地揭露、紀錄這段過程中的擔心、恐懼、爭執、心情轉變、生命思考、體諒與陪伴，對極缺乏生命參照經驗的同志伴侶來說，非常寶貴！

葉怡蘭（飲食生活作家）

早從小貓初次和我提到這本書起，就一直處於既期待又畏怯的心情裡——只因年歲越大，對人生的無常經歷越多，反是越難淡然以對。直到展讀之後才發現，雖免不了心疼感傷，但更多感受到的是，愛。

這是，多麼多麼美麗的愛。「死生契闊，與子成說；執子之手，與子偕老。」曾經年少時詩經裡無比觸動心弦的一句，卻也始終心知肚明，這遇合、這持守委實難得。

然毫無疑問，小貓和阿逑真真切切擁有。她們勇敢去愛、努力被愛；即使世間對這愛並非完全接納包容，即使還有難測的天降橫逆阻路，但依然堅貞奮勇前行，無疑無悔無懼。

小貓說這本書獻給她的愛人。但我想也該獻給所有人，所有正愛著、被愛著、以及期盼愛也期盼被愛的人：只要你正面凝視這愛，應就能懂，能接納、能包容，也願珍惜願守護。

祝福小貓，祝福這世界，以及，陽光遍照每一份愛的未來。

於此，溫柔的幸福讓人淚流不止。因為美好得來不易。

萬芳（音樂人、劇場人、廣播人）

我和小貓認識超過十年了，卻是到這幾年透過在臉書上的互動，加上我們都從外地搬回台北，才熟識起來。至於她的伴侶——阿述，我和她結緣比較早——其實，當初就是透過阿述認得小貓的。

還記得頭一回見面，不過交談幾句，我便直覺認定，這一對是絕配：一位率直活潑、開朗純真，另一位深思熟慮、穩重沉靜；兩人如此不同，卻又如此互補。

這本書有很大的一部分，講的是她倆如何面對疾病的摧折和威脅，並從中淬煉出對彼此更深的信賴、更堅實的感情。書中也有不少篇幅，在思索人世種種不可測的生離死別，叩問生命與死亡的意義。作者想得認真、問得懇切，我這讀者一頁頁地讀下去，就動容了。

這是本誠實之書、勇氣之書，也是本愛情之書，字裡行間承載著表面平淡實則深濃的真情。書中有段話說，「生命很短，愛很寶貴，要珍惜」，誠哉斯言；人生果真短暫又無常，幸好我們還擁有愛，可以從愛中汲取到面對無常的力量。

韓良憶（作家）

這是一本勇氣與愛的書。身為家人，我總心疼又祝福。

小貓是我堂姊，從小綽號咪咪，我喚她咪姊。這些年咪姊與阿述生活的細細瑣瑣我們常在咖啡中、視窗中交換更新，也成了我的青春成長記憶。阿述早已是我的家人。

現在，看小貓漫漫寫吃飯、生病、相伴、變老，看似平凡而日常的細節，墊著的是同性伴侶的幽微心情。寫來輕盈，但有著與社會衝擊與自我對話的分量。真心期盼所有的相愛都被平等看待，願每個人的兄姐弟妹都有權利與伴侶安心一起走到老。

瞿筱葳（影像工作者、作家）

【序二】

書寫之必要，相愛之必要

阿述

自從小貓決定要寫這本書，我的心裡就隱隱忐忑著。

我是一個有點孤僻的人。我並不習慣讓個人的私生活暴露在眾人的眼光之下。

但是，小貓卻選擇了勇於自我揭露的寫作之路。

身為伴侶，我們總是支持彼此。她很了解我的個性和忐忑，我也很清楚這本書對她的意義。她並非不擔心、不害怕，只是，她更願意臣服於內心那股強大的書寫欲望。對一個寫作者來說，這股力量無比珍貴。

於是，我努力收起自己的膽怯和驚惶，換上祝福的心，跟她一起欣喜迎接這本書的誕生。

小貓大概是在我被推進開刀房的那一刻，決定要寫這本書的。她要向這個世界抗議，為什麼我們如此親近，卻在生死攸關的時刻，硬生生被世俗的法律無情隔離。

即使已經在一起十五年，在法律上，我們卻沒有任何名分和權益。

其實，我們已經算是很幸運的一對。多年來，在工作上及日常生活裡，我們一直被溫暖明朗的友誼圍繞著，很少感受到被排斥、被歧視或者被孤立的壓力。

但是，在我們的溫暖小宇宙之外，這個社會裡依然普遍充斥著莫名的敵意，把同志族群打擊得遍體鱗傷。

身為同志族群，這輩子不知道收到過多少異性戀者的紅色炸彈，每一次，我們總是慷慨地付出祝福。但是，社會卻不肯讓同志擁有同樣幸福的權利。

而當我們面臨了病痛與苦楚，唯一冀求的，只是希望最親近的伴侶可以廝守在身邊，現行的法律卻要硬生生否認這份真實的情感，連最基本的伴侶權益也不肯給。

到底憑什麼??

我是懶惰的金牛座，向來不太花力氣跟社會解釋或爭辯什麼。小貓可是熱血的射手座，面對這樣的不公平，她可不甘心沉默忍受。

她決定書寫。透過這兩年多的陪病旅程，她希望社會可以對同志伴侶的世界，有多一點點的瞭解。

發聲之必要。理解之必要。抗議之必要。行動之必要。

我沒有理由不支持她。因為，這是我們共同的盼望，希望在不遠的將來，所有相愛的人都可以在陽光下坦然攜手，歡慶愛情的美好。

過去兩年來，每次小貓說：「自從你生病以後……」我總要及時澄清：「我沒有生病。我只是透過健康檢查，發現體內有癌細胞。……」

面對生命中的重大事件，我想，還是盡量用精確的語言和概念來訴說吧。

感謝老天，讓我在早期就發現癌細胞的存在。由於還沒有任何病兆出現，所以，我在生理上，並沒有遭受到疾病的折磨；在心理上，卻經歷了無比的震撼與驚嚇。

第一次看到乳房攝影的X光片上，那浮現在幽暗中的星星狀光芒，就像從遙遠宇宙傳來的，一抹冷冷的死亡的氣息。

驚嚇過後，還是要努力讓生活回到日常。

再次感謝上天，讓我生活在網路世代，醫學資訊如此豐富。用功上網查了幾輪資料之後，心頭漸漸安定下來。

癌症不一定代表死亡，卻必然帶來深切的反省與懺悔。想我的大半輩子，那些日夜顛倒的作息、久坐不動的懶散、飲食不定的輕率，還有那些自以為可以扛起半邊天的自大與逞強，以及未曾好好釋放的無奈、委屈、憤怒與憂傷。……

不知道從何時開始，癌細胞開始蟄伏在我的體內。而今，它們冷冷地現身在我眼前，強迫我看見不懂得珍愛自己的昂貴代價。

以前，小貓常喜歡問我一堆很無聊的問題，其中之一就是：「我們老了以後，到底要你先死？還是我先死？」

自從癌細胞進入我們的生活之後，她再也不問這個問題了。取而代之的是，她會突然冒出一句：「未來，如果沒有你，我該怎麼辦？」

其實，依照我懶散又消極的個性，如果沒有她，我才真的慘了！

我應該會一路慢慢地往下墜落，讓自己靜靜地沉沒吧！

但小貓的個性完全不一樣。她立刻發動「好太太計劃」，盡量不外食，家裡的餐桌上一律換成主婦聯盟跟有機商店的食物，規定我要每天帶小狗出門運動，要早睡，要記得吃藥，不准偷懶耍賴。……

因為有她，一切就不一樣了。她的害怕與眼淚，她的殷殷叮嚀與種種責備，讓我深切地體會到身為伴侶的責任。

我們總是透過別人的眼睛來看見自己。透過她，我看見了活在人世間有多麼可愛，多麼值得依戀。

因為她，我不能不珍惜自己。

我們一方面努力改變生活，朝著更單純、更健康、更療癒的方向前進，但另一方面，我們也不避諱談論死亡。

尤其，這兩三年來，陸續有親近的師長和好友離去。流了許多眼淚，死亡的話題也一再地逼近我們身邊。

身為同志，生死大事其實很簡單，很自由。我們沒有子女，所以，身後再也無牽無掛，她想要回到安靜的海邊小鎮，跟親愛的外婆葬在一起，我則喜歡樹葬或法鼓山的植存，讓靈魂回歸山川大地，跟日月清風同遊。

我們也談到來生。如果真有輪迴，下輩子我想當一隻綠繡眼，或者老鷹也可以。而她想當一隻飛旋海豚。

我喜歡天空，而她選擇了海洋。

看樣子，我們只有今生的緣分。那就更要好好珍惜此生歲月。

希望我們還可以一起走一段很長很長的路。

說好一起老，我們會努力的。一定要做到！

【自序】

前路艱困，我們並肩同行

寫這本書對我來說，並不容易，因為我必須公開同志身分，毫無保留地把自己的生活攤開。然而，這卻是無法避免的。因為我終於明白，自己的權力自己爭。

故事必須從二〇一三年六月說起，我的女朋友阿逑診斷出罹患乳癌，從此，我們的生活產生了劇烈變化。

無常臨頭，我慌了手腳，於是在臉書上設了「陪伴日記」的小群組，邀請親近朋友加入。我跟阿逑都需要支持，特別是我，雖然我很愛跟阿逑鬥嘴，卻非常依賴她。她比我年長十一歲，博學又理性，是我的支柱。一夜之間，我這臭小鬼要當家了，我表面鎮定，內心慌亂，每天都在「陪伴日記」發文，有時候心情特別亂，就哭著寫好幾則。

我在陪伴日記所記錄的一切，原本只屬於私領域，並不打算公開。卻有兩件事情讓我開始思索：也許我該寫一本女同志的疾病陪伴紀實。

兩件事都發生在二〇一三年的秋末，都與反同志團體有關。

有個爽朗秋日，我跟阿述到公園野餐，黃昏時，我們手牽手回家，誰知還沒走出公園，就被反同團體塞了一張傳單，他們大聲地說：「反對同志婚姻合法化，堅持傳統家庭價值。」我氣得不知如何反駁，才走幾步，又被塞了張傳單，對方重複說著：「反對同志婚姻合法化，堅持傳統家庭價值。」

我氣得破口大罵：「我就是女同性戀，怎麼樣！」

對方還來不及反應，阿述就把我拉出公園。我在馬路上徹底爆炸，大罵：「妳為什麼要把我拉出來！這些人的行為簡直就是在我臉上塗大便！」

是的，就是這麼地討厭。我從一九九〇年初就加入同志團體，聽過許多同志因為不見容於社會選擇自殺，有更多人扭曲地躲在櫃子裡不見天日。好不容易，二十年後我們有同志遊行、有阿妹的演唱會，可是同志真的平權了嗎？

憑什麼一個陌生人可以站在大街上理直氣壯地說我是錯的？

我既氣憤，又悲傷。阿述生病後，我們除了諮詢醫生，還要諮詢律師跟保險顧問，我必須了解「不合法的」我們會遇到什麼刁難。律師告訴我：「在同志婚姻合法化以前，你們只是法律上的陌生人。」怎麼會這樣呢？我們比很多夫妻都相愛，生活緊緊相繫，卻只能是法律上的陌生人？

對許多人來說，同志婚姻合法化只是一句口號，對我們來說卻是每一日的真實生活。

在公園被反同志團體粗暴地塞傳單，讓我開始思考是否要正面反擊。不久後，又發生了一件看似微小的事，讓我下定決心寫自己的故事。

那陣子，反同團體不斷攻擊同志，許多異性戀友人非常氣憤，甚至不惜與人對罵、筆戰。有天，我在辦公室趕稿，小說家黃麗群當時也是我的同事，就坐在我右手邊，她一進來就怒氣沖天，原來她碰巧遇上反同志的計程車司機，一路上亂罵同志，黃麗群氣得跟司機對罵，甚至扯到達爾文的演化論。

我看著黃麗群為了同志被污衊而憤怒，突然感到很慚愧。雖然我在家族裡跟朋友間並不隱藏同志身分，在辦公室卻仍假裝成異性戀。儘管從大學時我就參與同志團體，甚至現在繼續投入婦運，我都不公開自己的同志身分，我讓自己保持安全，用團體的方式跟社會對抗。

常常有些粗暴的人，不理解同志處境的幽微，就假開明呼籲同志應該站出來，那不只是對他人隱私的侵犯，更是忽略每個同志的家庭處境不同，社會對同志仍充滿歧視，任何人都沒有權力要求同志公開出櫃。出櫃從來就是極個人的選擇。

我在職場上必須接觸不同領域的人，真的要公開書寫嗎？可是，當我的異性戀友人們四處跟人筆戰時，我憑什麼躲在他們身後？我的母親與伴侶向來支持我，我比其他同志有資源出櫃，我的權力應該要自己爭取。

不過，寫書公開非同小可，我必須取得阿逑與母親的同意，因為這會影響她們的實際生活。深夜散步時，我不停煩阿逑，希望她同意讓我公開寫這段歷程，畢竟她是故事的主角之一。阿逑是個低調的人，被我煩到只能答應，但她跟我約法三章：故事可以寫，不過她的名字、身分都不能曝光，讓她保有隱私。

我也跟母親報告了這件事。我公開出櫃，母親的生活一定會被影響，我不應該為了自己的事害她為難，沒想到母親竟然鼓勵我出版。我擔憂問她：「如果有親戚找你麻煩怎麼辦？」母親豪氣地說：「誰敢？」

取得阿逑與媽媽的同意後，我開始在整理過去兩年來的日記。同時，我也一步步試著走出櫃子。

我第一次用同志身分演講、在臉書上分享同志議題、甚至寫了專欄文章〈我們依舊是法律上的陌生人〉。每次往前移動，我都很害怕，卻只能告訴自己：「不要怕，再往前走一點試試看。」

我在一次又一次的小小出櫃行動中明白，我需要在乎的不是別人的感受，而是我夠不夠勇敢。

另一件同樣需要勇氣才能行動的是寫作。我一直相信文字的力量，深信故事可以感動人。可寫作非常孤單，當我深夜埋首字海時，不斷反問自己：「犧牲好薪水好職位來寫故事，真的值得嗎？你寫這些給誰看？」

我壓抑了對未來茫然的恐懼，不顧一切地寫。我想記錄女同志伴侶面對疾病時的起伏擔憂，盼望有相同處境的人能得到些許安慰。

我也在修稿時，盡量修得更平實，因為我們的生活就是這麼簡單平凡。我想讓反對同志婚姻的人明白，我跟你沒什麼不同，凡是伴侶會遇到的困境，我們都會遇上；那些對愛、死亡，甚至生命的疑惑，也都一模一樣。

我不知道這樣的故事會帶來什麼迴響，把自己攤開也讓我很不安。可是我已經上路，就無法回頭，再害怕，我都要抬頭挺胸，勇往直前。

這本書的出版要深深感謝許多人。謝謝寶瓶出版社社長朱亞君的大力支持，編輯逸娟的細心與溫柔。

謝謝陪伴日記的每一位朋友，她們陪著我走過艱苦日子，讓我有地方可以哭。

謝謝我的母親，她毫無保留地愛著我跟阿逑，參與我們的生活。當她知道台灣的同志無法結婚時，非常憤怒：「同志婚姻是基本權力，國家憑什麼不准？」有這樣的母親，我成為衝組也只是正好。

謝謝王小棣老師與黃黎明老師，謝謝她們的指導與照顧，對於失去，我感到疼痛，卻也堅信未來的某一天，我們都會在某處重逢。

謝謝阿逑，她曾說：「愛就是理解與包容。」十五年來，總是她包容我多，謝謝她在這件事情上，無私地支持我。

這本書獻給阿逑，也獻給所有為同志運動努力的朋友，謝謝你們，在街頭揚起美麗的彩虹旗。所有的社會運動，都不是一個人、一個世代可以完成，而是由無數人共同努力，才能讓世界更美好一些。

前路艱困，我們並肩同行。

目錄

目錄

其三 康復。生命的河流啊，你要流向何方？

其一

診斷。說好一起老

我和阿逑二〇〇〇年在一起。那年年初，全世界都以為電腦日期設定會大亂，所謂「千禧年」風暴。事實證明，從一九九九跳到二〇〇〇那一瞬間，人們躁動喧譁，時間卻無聲無息就滑過去了。

那一年我跟阿逑展開同居生活，從此沒有分開。

二〇〇九年，我們一起拋下台北的工作，移居花蓮，渴望一個更寧靜的生活。那是一段美好時光，我們常常帶小狗到北濱散步。春天來時，草地上野花蔓延，風一吹，花就開了。

有天，我們在大葉欖仁下曬太陽，遠遠的步道上，老先生推著坐輪椅的老太太來看海，頭髮花白的兩人，瞇眼望著大海微笑。

「我們老了也要一起曬太陽喔。」我轉頭跟阿逑說。

「好啊。」

「說好一起老喔！」

「好！」阿逑答應我。

那個春日早晨，我們天真以為未來掌握在手中，以為人生會照著我們的盼望，穩穩向前。沒想到二〇一三年我們因故搬回台北，家都還沒安頓好，癌症劈頭就來。

二〇一三年六月七日，阿逑診斷出罹患乳癌。我們的生活產生劇烈變動。癌症當頭，所有的優雅都消失了，只剩慌亂。從初診斷、確診、直到開刀、復健。打擊一波波襲來。

我們站在浪濤中，我緊緊牽著阿逑的手，把頭抬得很高，不讓自己被淹沒。我不會認輸的，我不會把阿逑交出去的！

阿逑是我的，我們要一起老！

2013.06.07

人生無常

阿逑是個很寬厚的人，方方面面來說都是這樣。她寬額厚唇大耳，寬肩大手大腳，笑起來很和善，擁抱很溫暖，不止一個算命仙說她前世是出家人。我常開玩笑說她前世是修行的大師兄，我這個刁蠻鬼擾亂她修持未果，這一世又來煩她。

阿逑總是會看見人最痛苦幽微的地方，她心軟善良。她很難拒絕別人，甚至連信用卡銀行打來推銷，她都考慮到對方工作辛苦，不忍心掛電話，要不是我強力阻止，她差點就買了一張信用卡保單。

阿逑不喜歡人類，因為人類把地球破壞得太嚴重，她對動物、植物有深深的同情，老是撿回一叢被人扔在路邊的黃金葛、盆子缺了一角快枯死的九重葛。有一陣子，她把番茄當肥料種在花盆裡，意外養出好多小番茄苗，把小苗送人時，還認真叮嚀：「這是幼稚園小朋友，請好好照顧它。」

念心理系時，她覺得被實驗的小白鼠太可憐，就偷渡帶回去養，放在襯衫口袋隨身帶著，她吃飯時，就分給小白鼠一些白飯。小白鼠不安分，當她跟同學說話時，就從口袋探頭出來張望，嚇人一跳。最後，在室友們的抗議下，她不得不把小白鼠送回實驗室，一把眼淚一把鼻涕跟小白鼠道別。

她當然有很多缺點，但她的寬厚遮掩了一切。我常覺得她這樣的人，不應該遭遇壞事。壞事卻在今天臨頭。

時近中午，阿逑還在賴床，我硬是把她拖起來，今天預約了對門中山醫院的骨科門診，要幫阿逑檢查椎間盤突出的問題，是名醫門診，不能遲到。

阿逑卻苦著臉說：「我左腳沒力氣。」

阿逑兩歲的時候得了小兒麻痺，右腳有些萎縮，走路比較慢，現在連左腳都沒力氣，該怎麼走路？

我只好當她的腳，撐住她，一步一步慢慢走到醫院。

掛號時，掛號小姐很親切問阿述：「四十五歲以上可以免費做乳癌篩檢喔，要不要順便做一下呢？」阿述不懂得拒絕，傻傻說好，以為是簡單觸診。她的濫好人心態，竟然在關鍵時刻救了她。

趁著骨科名醫大排長龍，我先扶阿述到婦女門診做乳癌篩檢。原來所謂的乳房篩檢，是把乳房用鐵板上下夾住、盡可能壓平，從各種角度照X光片，把乳房內所有組織照清楚。做完乳房攝影後，阿述臉臭到極點，一直抱怨：「好痛！好痛！」要命的左腳也痛得不得了。

回到骨科，名醫只看三分鐘就結束。我扶著阿述回到地下室的婦女門診，等待乳房攝影的結果。醫院好冷啊，我跟阿述孤單地在走廊等待，冷到直打哆嗦。

護理師過了很久才叫我們。醫師很溫和地說明阿述乳房有些鈣化點，特別是左邊乳房鈣化點特別多，需要進一步穿刺。

「穿刺」？那是什麼？我們的生活中從來沒有出現過這樣的字眼，為什麼只是來做個乳房攝影，卻要搞到做穿刺？我跟阿述都嚇壞了。

我拋出一長串問題：「什麼是穿刺？」「為什麼要做穿刺？」「如果真的有不好的東西，會不會一刺就破了？」「為什麼非做不可？」「你要怎麼刺？」

醫師很有耐心地解釋，我根本聽不懂，反正結論是：「非刺不可，刺了不會有壞影響，刺了才會知道結果。」

阿述悶了半天，只問：「會不會痛？」可憐的阿述，一個小時前她的乳房才被又擠又壓，現在還得穿刺。

阿述進入檢查室後，我忍不住問護理師：「我可以進去陪她嗎？」阿述很怕痛，動刀動槍的事向來能免則免，哪知道一上午就做兩次。她躺在診療床上，一定很害怕。

「裡面太擠，你在外面等吧。」護理師擋住我，不讓我進去。

醫院長廊真的好冷，冷到我覺得好傷心，阿述在裡面更孤單害怕吧？不知道穿刺結果是什麼？不會是癌症吧？

沒多久，阿述就做完檢查，被帶到另一個診間。護理師讓她坐著，胸前放了大枕頭，要她用身體的力量緊緊往下壓住穿刺處，否則會流血。

我還來不及安慰她，護理師就請我到外面，像電視演的一樣，她說：「醫師想跟你說話。」

我走進漆黑狹小的顯影室，好幾個大螢幕用不同角度顯影阿述的乳房。曾經溫暖柔軟的乳房，現在看起來好陌生，一片死白的輪廓裡，漂浮著幾顆小星星般的白點。

那是我最喜歡的阿述的乳房嗎？那握起來溫溫熱熱、讓我感覺很有安全感的乳房，為什麼看起來如此淒涼？

醫生指著白點說：「這種星星圖案的鈣化點，百分之九十是惡性腫瘤。右邊還好，左邊比較嚴重，惡性的機率很高。你先不要告訴她。」

醫生好像還說了很多話，我一句也聽不進去。我傻住了。

我好像該禮貌性地站起來，微笑說謝謝，走出診間。可我做不到。過了許久，我才驚覺我該離開診間了。我站起來東轉西轉，找不到出口，只是慌張地說：「我好想哭，我可以哭一下再走嗎？」

醫生試圖安慰我：「你不用擔心，真正的結果要看穿刺報告。而且現在罹患乳癌的人很多，不用怕。」

我聽不進去，喃喃自語走出檢查室：「現在不能告訴她啊？好吧，好吧好吧。」這麼大的事情，竟然是我獨自面對。

阿述還在小診間乖乖地用大枕頭壓乳房，一直抱怨胸部很痛！我藉口要幫她買水，走出醫院。我受不了。我知道現在的疼痛只是開始，接下來，阿述的乳房要面對更多折磨。

炎熱的午後，仁愛路巷子裡擠滿了人，全都是要到中山醫院看診的，我們只是誤打誤撞想就近治療椎間盤突出。誰曉得會驗出乳癌？為什麼醫院裡這麼冰冷，醫院外卻如此炎熱？

為什麼別人都可以如常生活，我們卻遭遇壞運？阿述是個大好人，為什麼要承受這些痛苦？

我失神地走到便利商店，想找人說話，卻找不到一個可以說這種事情的人。我唯一可以說話、哭鬧的人，就是阿述，除了她，還能跟誰商量？直到這一刻我才發現，原來，我跟阿述是孤零零在台北，我們是彼此最重要且唯一的依靠。

最後，我決定打給阿述的老闆，Doris，她溫暖、堅定，理解我們的狀況。而且看樣子，阿述要請好長一段時間的病假了。我告訴Doris：「阿述病了，可能是癌症，你不用趕過來，一切都還好，我可以照顧她。」我一直重複：「沒問題，我可以的，一定沒問題的。」

把「癌症」兩個字說出口之後，心裡鬆動些，不那麼害怕，可以回去面對阿逑了。

阿逑趴了半個多小時，一臉愛睏，渾然不知道我經歷多少轉折、恐懼。我用吸管弄水給她喝，就像在照顧病人，心裡一陣酸楚。但是我沒有哭，我好像得開始學堅強。

回家後，阿逑昏昏沉沉地睡著。沒多久，前幾天預訂的籐椅、電視都運來了。我獨自在客廳搬椅子、移櫃子，甚至裝電視。這些事以前都由阿逑負責，以後都會落在我肩上吧？

電視裝到一半，發現少了螺絲起子，我獨自走長長的路去五金行，一邊走，一邊想：「真的不要告訴阿逑嗎？」我向來爽快直接，也認定伴侶間不應該有祕密，更重要的是，那是阿逑的身體，她有權利知道一切，決定一切。

回家後，我坐到床邊，輕輕喚醒阿逑，握著她的手說：「醫生說有百分之九十的機率是惡性腫瘤喔。」

阿逑比我想像的冷靜：「我猜到了。我也正想跟你說，不管醫生說什麼，你都要老實告訴我。」

我躺在阿逑身邊，想起白天的曲折掙扎，忍一整天，我終於哭了。阿逑也哭了。我們就這麼並肩躺著哭。

哭夠了，我們隨便抓幾句話來說，還好現在身體不痛、下週回去看報告再哭也不遲、記得預約去和信聽第二意見。

「癌症」是什麼？我們從來沒有想過，如今它劈頭就來，不知道我們還有多少時間？哭夠了，我們就一起回客廳繼續整理，新電視裝好、藤椅也放好，要如常過日子。

我打起精神，開朗地跟阿逑說：「事情來了，解決就是了！與其說我們要展開療程，不如說我們要展開生命的改變，是新生活運動喔！」

我不知道阿逑是真的被我感染，還是習慣性不要讓我擔心害怕，她笑著應和。

睡前，我想起掛號處的小姐，她像上天派來的天使，引導我們做乳癌篩檢，發現阿逑乳房裡的小星星，讓我們可以及早治療。她只是做了分內的事，卻給我們很大的幫助。

下禮拜二就要去看穿刺報告，我外表堅強，內心卻很害怕。十三年來，我跟阿逑一向平實，安穩度日，從來沒想過癌症劈頭就來，毫無預警。

這就是人生無常嗎？明天又會是什麼模樣？

2013.06.11

痛劫

等待看報告的那幾天，我跟阿逑把乳癌這件事翻來覆去地討論。

偶爾，阿逑會很瀟灑地說：「萬一真的是末期癌症就不要醫了，我們搬回花蓮！」我開心跟著附和，完全不去想癌症末期會有多痛。

偶爾，阿逑會說：「沒關係的啦，發現得早，搞不好局部切除就沒事了！真是太感謝掛號小姐了！」我還是開心附和，完全不去想切除與復健的痛。

更多時候，我會跟阿逑說：「不要怕！沒事的！該做的都做了嘛，怕什麼。」我們除了諮詢婦科醫師朋友、上網研究乳癌相關訊息，還很快速地在和信醫院掛號，準備聽第二意見。

我們不停地互相安慰，安靜時，心卻空空的。

終於熬到看報告。在走廊等待時，我們同時拿出筆記本做採訪大綱，真是職業病！不同的是，以前我們採訪的題目與自己無關，可以冷靜、理性、專業。這次採訪的對象卻是自己的醫生，題目是：「我女朋友真的得癌症了嗎？」

我們交換彼此的「採訪大綱」。阿謎關心：「需要開刀嗎？」「怎麼開？」「要開多久？」「後續的治療是什麼？」「需要化學治療或放射治療嗎？」

我則想問醫生：「第幾期？」「我們有多少時間處理？」「要怎麼樣才能讓她少受一點苦？」我不懂醫學，我只希望阿謎可以少受一點苦。

進診間了，再度進入阿謎的乳房黑洞，阿謎直直盯著乳房上的小星星。她上網研究過，知道那是要命的毒星星。

今天連外科醫師都一同會診，氣氛很嚴肅。醫生帶來更壞的消息，小星星不只是癌細胞，而且還是侵犯型，小星星極可能惡毒亂竄。

我聽了背脊發麻。癌細胞竄到哪裡去了？它跑得多快？會致命嗎？要怎麼樣才能讓它停下來？

死神在阿逑的乳房上畫了無數個小星星記號，那個記號會消除嗎？

醫生說：「光憑影像無法知道它跑多遠，要切開來看才知道。如果情況嚴重，有可能兩個乳房都得切除，淋巴也要一併切除。」

原來，我跟阿逑想得都太天真了。癌症不會馬上致命，讓你果斷地放棄；也不能簡單割除，讓你輕鬆過關。橫在眼前有無數的未知，無盡的折磨。

阿逑最關心的問題，都遇到最壞的答案，她盯著筆記，隨便問幾個問題就放棄了。我第一次看到理性的阿逑說不出話。

外科醫生也來會診，建議儘快全部切除，不要拖延，以策安全。我婉拒醫生的安排：「這是大事，我們要找第二間醫院，尋求第二意見。」

回到明亮的走廊，日光燈很刺眼，黑洞裡的一切像場噩夢，那些漂浮的小星星如影隨形，再也甩不開。

我用力笑著對阿逑說：「不用擔心，事情一件一件解決，我已經預約和信醫院的門診，聽聽看那邊的醫生怎麼說。兵來將擋，水來土掩，天大的事都不怕，日子照樣過！」

日子照樣過？當身體裡埋著好幾顆毒星星，要怎麼如常生活？

以前我們常假裝率性地說「無常」，我現在才知道，無常好苦。

回家把阿diff安頓好之後，還得趕到公司截稿。這個月有大專題上線，時間緊迫。我在公司盡情地苦著臉，回到家，卻站在大門口深呼吸，掛上笑臉面具。聽說癌症是不快樂的心情造成，我要鼓舞阿述，我要樂觀堅強！

偏偏，厄運總是接而連三地來。老天爺想玩你，絕對不會手軟。

開完沉重的會議回家後，時間還早，我們決定帶小狗墨麗去走走，擺脫確診的陰影。今天好熱，我坐不住，決定穿過小公園，到巷子對面的超市買冰淇淋。小狗太黏人，硬是跟到超市裡，超市的小姐驚慌大叫：「有小狗！」又不是有鬼，那麼大聲想嚇死誰！

我馬上轉身假裝要走出超市，平常用這招總是管用，小狗會乖乖跟在我腳邊走出超市。但是小狗今天卻突然失控，直直往公園衝。好死不死，正好有台黑色轎車在巷子裡開得極快，我還來不及抬頭，就聽見很大的撞擊聲，接著就是小狗淒厲的哀號。

我第一時間把眼睛摀住，我好怕我看見的是小狗被壓爛的屍體。我瘋狂尖叫，不停喊阿迦。

兩秒鐘後，我終於鼓起勇氣睜眼，小狗沒有死，痛得在地上打滾。我馬上衝過去想要抱著她、安撫她。小狗痛到發狂，狠狠地往我腳掌上咬一大口後，衝到路邊一台休旅車下躲著。

小狗嚇壞了，堅持躲在車底下，我完全搞不清楚她傷勢如何，趴在地上用哄的、用香腸誘惑，都沒有用。伸手想抓她，她就凶狠吠叫，我又驚又怕，小狗不出來，我就幫不了她啊！最後我們決定阿迦留下來安撫小狗，我跟朋友到附近找獸醫院來幫忙。

我跑著跑著，突然下起大雨，被小狗咬的傷口越來越痛，我忍不住崩潰大哭：「到底為什麼！為什麼我的女友今天確認得癌症，小狗又被車撞，老天爺為什麼要這樣對我！」

晚上十點多，鄰近的動物醫院都關門了，我一拐一拐回到車子旁繼續哄小狗，無用。逼不得已，我們只好打電話請捕狗大隊來幫忙。我一看到捕狗先生的套繩、長網，就嚇呆了。

捕狗先生說：「真的哄不出來嗎？用套繩是最後的方法，會套住狗脖子，硬把她拉出來，會很痛喔。」

我無計可施，哭著拜託捕狗先生：「拜託，請你溫柔一點，她膽子很小，千萬不要嚇到她。」

沒想到長網子才剛伸到車子底下，膽小的墨麗就嚇得往後退，沒幾步就退出車子外。我們馬上用大浴巾包住她，坐車趕到有夜間門診的動物醫院。小狗在浴巾裡很安靜，身體也放鬆了，她應該也很希望我們把她救出來吧。

到醫院照過X光後，發現小狗除了右邊胯下擦傷，及肌肉損傷外，更嚴重的是肺部撞擊，肌肉係數超過兩千，超出儀器可驗出的數值。醫生說：「車禍很怕內出血，會影響腎臟，有生命危險，要留院觀察。」我一聽到「有生命危險」，馬上抱著小狗大哭。

檢查與住院費都很昂貴，阿逑直說沒關係，她可以負擔，病懨懨的小狗聽到付錢的是阿逑，默默地從我身邊移動到阿逑身邊，緊緊靠著她，這隻小狗也太現實，害我們忍不住笑了！

為了幫助她呼吸到足夠的氧氣，墨麗住進動物醫院最大的氧氣室，我們戲稱是VIP ROOM。我隔著玻璃跟她喊話：「墨小狗，你是全宇宙最可愛的小狗，也是全宇宙我最愛的小狗，你一定要勇敢度過這兩天，努力好起來，我們已經約定好了啊，要在一起二十年，你一定要加油喔！」小狗虛弱地對著我搖尾巴，唉，會搖尾巴就好。

離開動物醫院後，我跟阿逑說：「換我去醫院了吧？我的腳已經腫得像麵龜。」她這時候才知道我受傷。

到了急診室，醫生問我：「怎麼回事？」我很冏地說：「我的狗咬我……」

醫生沒聽清楚，要我大聲一點，我只好很大聲地說：「我的狗咬我！」

因為我是過敏體質，挨一針破傷風、吞兩顆抗生素後，還得在急診室坐半個小時，確定沒有過敏反應，才可以回家。

清晨四點的急診室很安靜，我靠在阿逑肩膀上休息，不安地問：「小狗今夜可以平安度過吧？」

阿逑穩穩地說：「不會有事，醫生會照顧她。」

我很害怕：「小狗不會死掉吧？」

阿逑還是很穩：「不會。那裡有醫生。」

半小時後，沒有過敏反應，可以回家了，雖然我的腳還是腫得像麵龜。

躺在床上後，我嘆了口氣。好漫長的一天，白天阿沭確診的壞消息，彷彿已經是很久以前的事情，遠不及晚上的小狗車禍來得震撼。

人生無常，說的就是這個嗎？可能轉眼間就失去心愛的人，心愛的小狗？生命怎麼會這麼脆弱？

阿沭也醒著。我跟阿沭形容我如何在雨中一拐一拐找醫院，找得好絕望，忍不住崩潰大哭，覺得老天爺根本就是故意整我，讓我在同一天知道女友罹癌，小狗又差點被撞死。我的人生好悲慘。

阿沭突然說：「你知道嗎，台語有種說法叫『痛運』，翻作國語就是『痛劫』，意思是冥冥中有一個『疼痛的運』，過了就好了，之後一定會更好。」

「真的嗎？」

「真的，痛運過去，事情就會越來越好。」

阿沭這麼一說，我突然心安，有種否極泰來的感覺。老天爺，我們一家三口今天都承受痛運了，可以放過我們了嗎？

2013.06.12

努力習慣不吃雞

原來今天是端午節，我昏沉到不知今夕何夕，心上掛的不是日子，而是兩條命。

凌晨從醫院回家後，睡得很沉，直到中午才起床梳洗，連咖啡都來不及喝，就趕到動物醫院看小狗。小狗睡一夜的氧氣室，又打了點滴，精神終於好一些，看到我們會搖尾巴，舌頭也有血色。

小狗獲准離開氧氣箱十分鐘，讓她走走，觀察她自主呼吸的狀態。小狗一落地，馬上氣喘吁吁走向門口，我知道她想回家，但是她的狀態真的不好，只能抱回氧氣箱。小狗一臉傷心，不停望著大門，我弄一大碗罐頭給她吃，拉把椅子陪她久一點。

小狗睡著後，換我們去覓食，只剩下臭臭鍋還開著。阿泚點得清淡，我卻忍不住碎念：「不能吃豆腐，會刺激雌激素；不要吃外面的雞肉，可能有打生長激素；醃漬的、辣的，都不要吃了！」

念著念著，我悲從中來，想到小狗還關在氧氣室，阿泚狀況未明，日子要怎麼過下去？我竟然對著臭臭鍋哭了起來。阿泚很習慣我的神經質，氣定神閒把兩鍋都吃完後說：「我昨天睡前有跟老天爺講，墨麗是很乖的小狗，請祂一定要保佑墨麗，讓她平安健康地留在我們身邊，你不用擔心，老天爺會幫助我們的！」

「那你自己咧？你才是生病的人，你不想哭嗎？」這幾天我已經哭過無數回。

「在醫院聽到確診時很想哭啊，回家以後就還好，我大概還在驚嚇中吧。」

回家前不放心，又回動物醫院看小狗。小狗看到我們回來很開心，唏哩呼嚕又吃掉一碗罐頭，食欲比我還好。被車撞的狗、可能罹患癌症的阿泚，都比我堅強，我真的很弱。

傍晚回家後，我跟阿泚一人占據一張桌子，我寫稿，她上網研究乳癌。睡前，我們決定再去看小狗，陪小狗打針。

小狗氣歸氣，還是乖乖挨針。我摸摸小狗臉，安撫她：「你的指數都慢慢回穩囉，你要勇敢，要用自己的力量好起來！」

「接下來就換你了，你也要勇敢！要加油！」我轉頭跟阿逑說。

下午只顧哭，沒吃飯，搞到大半夜也餓了，我們到附近有名的煲粥店吃粥。店裡招牌是「雞肉滑菇粥」，我馬上跟阿逑說：「外面的雞有生長激素，不好，以後我們都不要在外面吃雞了，想喝雞湯我煮給你喝！」

我難得點了樸素的鮮菇粥，還想吃點小菜，一眼就看上「口水雞」，又香又辣配粥正好，阿逑看我嘴饞，大笑：「不是說不要吃雞？」

哎呀！真是不好意思！自己都忘了規矩，畢竟是忌口的第一天嘛！我胡亂翻菜單，最後只點了一道炒水蓮。好稀微啊。我們還要做多少改變呢？改了，一切就會往好的方向去嗎？

回家後，阿逑早早上床睡覺，我繼續工作。看著暗暗的臥室，我內心浮現安心的幸福感。阿逑習慣熬夜，以前我常為了趕她上床睡覺而發火，如今，她終於開始愛惜身體。

這是好的改變，改了，一定能往好的地方去。

2013.06.13

生離死別的動物醫院住院部

這幾日，我跟阿迹不斷安排各種事項、盤點資源。除了預約和信醫院門診，還要跟保險公司確認理賠方式。每次盤點醫療與經濟資源，我都安慰阿迹：「幸好我們有存款跟保險，暫時不用擔心。」其實，我也從盤點中得到安慰，確定我們可以好好照顧自己，不要怕癌症。

阿迹每天進公司把工作收尾，準備接下來請長假。我則在動物醫院與雜誌社間奔波，墨麗情緒不穩定，只要動物醫院電話一來，我就得馬上放下手邊工作，飛奔到墨麗身邊，陪她打針。

也許是打太多針了，墨麗警戒心變得非常高，今天竟然連我都想咬。醫生決定拿大手套，硬把她拉出來，還把我趕出診療室。我在外面聽見墨麗掙扎吼叫，難過得一直哭，可以不要再刺激她了嗎？可以不要再嚇她了嗎？

好不容易，墨麗挨了針、量體溫後，被放回氧氣室。我們一人一狗都大哭一場，疲憊不堪。

我拉把椅子，在氧氣室旁陪小狗。我環視著小小的「住院部」，十幾個籠子，養了七、八隻貓、狗。矮牆邊有一隻狗哀號得特別淒厲，原來是寶路毒飼料事件的受害狗，腎功能嚴重受損，每隔幾分鐘就哀號喊痛，讓人心疼。

墨麗急診那天則有一隻貓咪，已經很久都尿不出來，墨麗急救後，就換貓咪緊急開刀，手術結束後，貓咪也被放在小籠子裡，可是牠隔天就死了。

還有個老奶奶安靜地坐在大籠子旁，陪伴一隻老狗。老狗表情陰鬱，老奶奶也滿臉哀傷。我不止一次聽到獸醫、助理跟老奶奶說：「狗狗沒有生病，帶回家好嗎？」老奶奶都不回答，只是倔強地坐在狗籠旁。

聽說老奶奶每天都來陪老狗，猜想是奶奶老了，寄人籬下，狗不受歡迎，只好送到醫院養著。到底是什麼樣狠心的兒孫，會把老奶奶的狗趕走，讓她們無法互相陪伴，安度晚年？

小小的動物醫院，不停上演著生離死別。墨麗天天聽到寶路小狗的哀號，一定很害怕吧？她知道跟她一起住進來的貓咪去天堂了嗎？

陪了墨麗好一會兒，阿逑才趕來。我還來不及哭訴醫生把我趕出去的慘劇，就得趕緊換手，到公司開會。

阿雜的事情總是一波接著一波。進了公司，總編輯馬上把我叫進她的辦公室，把稿子退給我，她說：「你不應該寫出這樣的東西！」總編輯是多年好友，從我還是菜鳥記者就一路提拔我，從來沒有退過我的稿子，她今天很不高興。

我沉默一分鐘，轉身把總編輯辦公室的門關了，老實告訴她：「我的女朋友得癌症，我的小狗車禍差點死掉。很抱歉，稿子沒寫好，我會重寫一份。」

雖然已經拚命努力想要寫好這一篇小短文，被這麼多雜事纏身，我根本沒辦法思考。雖然我是個工作狂，但現在我只想好好陪伴阿逑、小狗。

工作顯得多麼無謂。我以前耗盡心思拚鬥，踩著別人往上爬，又很快地被踩過去，到底為了什麼？如果失去阿述，這一切又有什麼意義？

自從回台北後，因為是空降，常常有很強烈被討厭的感覺。我看著忙碌而冷漠的同事，心想：「我的女朋友隨時會死掉啊！我一點也不想跟你們爭那些虛幻的職位，我只想好好工作、賺錢，好好照顧我的女朋友，救回我的小狗。你們知道你們執著、爭鬥的事情，多麼無聊、渺小嗎？」

在生死之前，一切瑣碎的計較，都變得可笑。

2013.06.15

愛是傷心之後，仍然願意再試一次

住院三天後，小狗的各種指數終於穩定，可以回家休養了！

小狗回家第一晚，我跟阿逑如臨大敵。沒有氧氣室的幫助，小狗常常呼吸急促，阿逑緊張得不得了，偏偏我得加班，她不停打電話煩我，我只能壓抑怒氣，叫她有問題就問獸醫，我怎麼會知道小狗一分鐘要呼吸幾下！

獸醫告訴她，小狗一分鐘正常呼吸約十到三十下，墨麗則會快一些，如果超過太多，就帶回醫院，繼續住氧氣室。阿逑聽了，從晚上七點就緊盯小狗呼吸，還不時打電話來回報。

我好不容易回到家，她就緊張地抓著我問：「萬一半夜小狗生病怎麼辦？要急診怎麼辦？醫院只開到半夜兩點耶！」

熬到半夜一點，我斷然決定：「好！與其在家嚇得半死，不如回醫院！」

沒想到當我轉身拿起牽繩時，小狗還以為要出門玩耍，笑得好開心，猛搖尾巴，根本沒事！真是單純的笨狗啊，早知道我們就不要算呼吸次數，拿牽繩試試就知道了。

安然度過回家後的第一晚，剩下的就是調養，阿逑天天忙著照顧小狗，完全忘記自己得了癌症。

小狗習慣去廁所尿尿，可廁所前有台階，她跨不過去，阿逑就幫她做樓梯；小狗尿尿一定要有草地，阿逑竟然拔野草回來，把盆栽也放到客廳，弄一個小叢林，還撒泥土！小狗不領情也就算了，我一看到客廳變叢林，火都來了！我要照顧狗、照顧人，現在還把客廳弄得髒兮兮，誰來收拾！

小狗睡覺會做惡夢，嗚嗚大哭，我馬上驚醒，抱著她哄：「你在媽媽身邊了，你很安全，我們很愛你，再也不會發生這麼可怕的事情。你是全宇宙最被愛的小狗。你現在很安全。」

小狗的心性在車禍後也改變了。她現在對我有戒心。

墨麗是一隻很溫馴的狗，我從她還在喝奶時就養在身邊。我睡覺時，她就緊緊挨在床腳；我睡醒，她就跟著起床，搖搖胖嘟嘟的小屁股，努力跳啊跳，想構到床沿撒嬌；我工作時，她就窩成一個小球，躺在我的腳邊。她很信任我，我可以輕易從她口中把肉肉拿走，她最多只會無奈地望著我。

她小時候生病餵藥，直接用針筒餵，她從不反抗。沒想到車禍後，她挨了太多針，一看到針筒，就把頭轉開。我不死心，繼續拿針筒對著她逼餵藥；她轉身跑走，我追得更緊，她只好躲到牆角。我想做最後一次嘗試，把針筒靠近她，她竟然凶狠咆叫，露出牙齒要攻擊我。

除了車禍那天她因為本能的驚慌，咬了我一口之外，她從來都好乖，今天卻想攻擊我。有了被狠咬的經驗，我馬上躲得很遠，放聲大哭！阿逑過來安慰我，小狗遲疑了一下，也滿臉歉疚，搖著尾巴走到我身邊，眼神充滿不安，她被自己的凶狠嚇到，也被我的反應嚇壞了。

我摸摸小狗，輕聲地告訴她：「媽咪沒事，都是我不好喔，我不應該逼你。不要害怕喔。」我跟小狗之間的愛，因為一次的疏於照顧害她受苦，斷裂了嗎？

啊，我真的好累。我無法再面對生病的阿逑與充滿防衛心的小狗，我決定去超市買菜，透透氣。

重回小狗車禍現場，那一天的情景歷歷在目，小狗尖叫打滾，阿逑從公園跑來，我以為我將失去她們。失去我最愛的人與最愛的小狗。明明是炙熱的中午，我卻回想起下著陰雨的夜晚，我在巷弄間奔跑，如此無助。

失神地買完菜，走回敦化南路，看著亮晃晃的陽光灑在樹葉上，一切好不真實。明明三個月前我還住在花蓮，忙著手中的寫作計畫，傍晚帶小狗去看得到山與海的田徑場跑步。那時候我、阿逑、小狗，都好好地在自己的位置上，命運卻賞我們一拳，把我們打得眼冒金星，等到回過神，我們都不在原來的位置上了，我們到底在哪裡？

我害墨麗受苦了，她還會愛我嗎？還會信任我嗎？

回到家以後，墨麗低頭走到我腳邊，很輕柔地舔我的腳，她沒有看我，只是一直溫柔地舔。我們都傷心了。

我蹲下來，捧著墨麗的臉，很認真地跟她道歉：「都是媽咪不好，不應該拿針筒逼你。你已經告訴媽咪你不喜歡，媽咪應該要懂，這不是你的錯，你嚇壞了。媽咪愛著你。」

原來，愛是在傷心之後，還願意試著相愛。我最親愛的小狗，教我愛的道理。

2013.06.16

吃飽了，就沒在怕的

最近收到很多安慰的禮物，都是吃的。我很愛吃，只要可以好好吃飯，就沒什麼好怕！前幾天吃臭臭鍋吃到大哭，是很少見的情況，代表我真的慌了。

從小，媽媽爸爸都說：「天大的事，吃飽再說。」他們總用食物來安慰我們。在媽媽還不流行跟小孩說「我愛你」的那個年代，媽媽出門前會在電鍋為我留一碗冰糖燉梨子，或者蛤仔茶碗蒸，免得我又氣管發炎，或者胃痛。

弟弟念軍校，長期不在家，每次他放假，媽媽一定會準備烤鴨，笑說：「弟弟喜歡吃！」弟弟根本是大胃王，吃完烤鴨，還會去買夜市牛排，麵要加兩份，唏哩呼嚕吃完後，挺著大肚子看棒球轉播，一臉滿足。

爸爸更會吃，他是典型的上海男人，菜燒得比媽媽好，夏天擀蔥油餅、冬天燒酸菜鴨湯，平常煮鍋上海菜飯、豆瓣魚根本稀鬆平常。興致來了，還會做紅油抄手、牛肉麵，吆喝眷村鄰居來吃飯。

爸爸嚴厲而暴躁，唯一留下的美好，就是詩與美食。小時候我喜歡讀詩，他就一句一句教我，還很得意地跟我小學老師說：「我女兒長大要當詩人。」爸爸中年罹癌，腳部神經萎縮，出入不方便，卻常嚷著要幫我辦一張圖書館證，讓我好好看書；再不就說要帶我去學圍棋，說我有天分，卻因為行動不方便，永遠食言。

食物的回憶，比詩更甜蜜。我念國中時，第一次吃到生菜沙拉，覺得是人間美味，回家後興致勃勃做了一大盤。我哪知道生菜得冰鎮、去水，沙拉醬得淋得夠多才有味道。我那盤帶著水珠的沙拉裝模作樣上桌了，媽媽嫌難吃，不肯吃，爸爸卻吃一大盤，誇張地說：「我們家咪咪很會做菜！很棒！」

最後一次跟爸爸吃飯的記憶，是一碗大豆豬腳湯。癌末的爸爸說：「好冷，來吃點大豆燉豬腳湯吧？」我當小跑腿，買一包大豆、一大袋豬腳回來，父女倆在廚房忙半天，湯燉好後，我們嘴太饞，等不及到餐桌上吃，一人一碗就在廚房喝起來。那碗湯是我對爸爸最後的記憶。

我們父女間有太多愛恨怨懟，青春狂暴的我跟被困在病床上的父親大吵過無數次，我一度以為他是恨我的。我遺忘了那些美好的詩，也錯怪父親了，他怎麼可能恨我。他明明那麼愛我。

感謝那一碗湯，在父親走後，成為永恆溫暖的回憶，從此我想起父親，不再是彼此被憤怒扭曲的臉，而是帶著微笑在廚房喝湯。

也許是因為這樣，當我遇到挫折，就想躲進廚房燉一鍋湯，慢慢讓自己安靜下來，喝碗熱湯，告訴自己別怕，再苦，都還有湯可以喝。

在台北念大學時，校外宿舍很小，我就用小電鍋燉鍋香菇雞湯。後來有了電磁爐，有錢的時候煮點火鍋，沒錢就吃自己發明的「康寶濃湯飯」，把半包康寶濃湯煮好，再放一碗白飯、打顆蛋花，就變成鹹粥。

上班後，租了有廚房的房子，總是要弄點吃的。有次深夜寫稿，怎麼也寫不出來，突然想喝魚湯。窗外大雨，我瘋子似地穿雨衣騎機車，硬是去二十四小時超市買一尾魚，回家切一大把薑絲，煮了鍋酸酸的望安瓜魚湯。屋外雨勢越來越大，我在小桌上就著黃黃燈光喝湯，覺得外面的世界並沒有那麼可怕。

朋友們也都知道只要把我餵飽，我就會很快樂，所以阿逃生病後，朋友們不知道該怎麼安慰，就送我食物。

某天上班，桌上突然放著亞都麗緻的蘋果派，原來是同事平子放的。她每天都看到我的苦臉，希望我吃些甜點，臉就不會那麼苦。

大學死黨之怡以前也吃過康寶濃湯飯，她自嘲摩羯座不會安慰人，遠巴巴從蘆洲跑來，送了我一包黃金曼特寧，那是我最喜歡的豆子。

高雄的學姊寄來十顆我最愛的粽子；南琦宅配了一箱芒果；蟲子送我一箱柳丁。連妹妹都包了奶奶口味的豆沙粽給我吃，妹妹說：「不怕不怕，壓壓驚！」

冰箱食物越堆越多，我忍不住覺得好笑。我也太幸福，有這麼多人愛著我，吃飽飽，就不要怕了，就有力氣往前走了。

2013.06.20

初訪癌症醫院

終於到和信醫院初診。我跟阿逑都很緊張，這不是普通醫院，我跟阿逑都是第一次來。癌症醫院究竟是什麼樣子？聽說這是間貴族醫院，我們負擔得起嗎？和信可以幫助阿逑嗎？

一踏進和信，我的不安消除一半。醫院的接待處很像飯店，挑高的屋頂垂著吊燈，沒有死白日光燈，也沒有消毒藥水的味道，更沒有嘈雜的廣播與報號聲。我跟阿逑第一眼就喜歡上這家醫院，我們像劉姥姥進大觀園，土氣地東張西望。

掛號後，我們被引導到小客廳等待。護理師說明完看診流程，就請志工帶我們到婦女門診，志工一路上親切地跟我們介紹環境。

婦女門診很像咖啡廳，沿著牆放著深紅色絨布沙發，其他的空間則擺了好幾張小圓桌跟咖啡椅，還設計隔板，讓等待的人有隱私，可以好好放鬆等待。

進了候診間，阿逑換上醫院的衣服，我則偷偷觀察每一個人，她們身上都有小星星記號嗎？她們是第幾期？怎麼度過的？我們也將經歷同樣的歷程嗎？

胡思亂想一陣後，終於輪到我們進入診間，診間多放了一把椅子，讓陪看病的家屬可以一起坐著，不像其他醫院，我總是侷促擠在角落，對自己的存在感到莫名抱歉。

醫生判讀了之前拍攝的X光片資料、病理報告，以及阿逑早上新照的超音波後，初步判定阿逑確實罹患乳癌，還好及早發現，應該還沒有擴散到淋巴。左邊乳房期數約一至二期，右邊乳房的鈣化點則有些模糊，得做切片檢查。聽到醫生這麼說，我們終於安心。刀是要挨的，至少沒有擴散。

醫師檢查完後，我們又被安排到另一個小房間等待個案管理師，我們以前從來沒聽過「個案管理師」這樣的名詞與職位，有些忐忑。

小房間像個隱密包廂，正中擺了咖啡桌椅，燈也很美，很溫暖。管理師很有元氣地跟我們打招呼，原來，個案管理師負責協助癌症病患了解療程與步驟。她詳細地跟我們解釋治療過程會發生的種種狀況，這對我們非常重要。

以往看診時，總會得到籠統而不耐煩的回答，不知道下一步該怎麼辦，心裡很不安。醫院能夠主動詳細告知接下來要往哪裡去，大大削減了我們的恐懼。

今天看診還必須決定右邊乳房的檢查方式。右邊鈣化點太淡，無法做一般穿刺，只能開刀檢查，或者自費做真空穿刺。自費需要花一萬五千元，阿述選擇自費。

我笑笑跟阿述說：「我們不是有錢人，可是一萬五還付得起，接下來的自費項目應該也可以喔，這是很大的幸運。」

「我們要好好感謝很多事情耶！」我鼓舞阿述：「感謝提醒我們做乳房攝影的掛號小姐、感謝幫你做檢查的醫生、感謝護理師、感謝我們有買保險，在最危急的時候，不用牽掛金錢。」

批價時，我竟然撿到一個Lucky Penny，而且是正面朝上，我開心地說：「這是個好預兆！一定可以化險為夷！」

回家的路上經過保安宮，我們停下來拜拜。太多厄運臨頭，我第一次感到那麼無助、恐懼。人無法面對的事，只能託付給神明了。

以往到廟裡拜拜都只有合掌拜拜，頂多燒三炷香，今天決定拜一整套的，從天公到諸神全部都要拜，還要燒金紙。夏日傍晚，天空最後一抹橘色消失後，刷成一整片奇異的藍，保安宮的香火燭光在夜色中閃爍。

繚繞的香煙啊，你會幫我把願望送到天庭吧？

一願阿逑開刀順利，少受點痛苦；二願小狗平安，早日康復；三願我可以健康地撐下去，好好照顧小狗與愛人。

親愛的天公啊，請保佑我們闔家平安。

2013.06.21

我不需要指導，謝謝

從保安宮回家後，照理應該是滿心喜悅，充滿祥和之氣，但人活著根本就不可能時時心平氣和。

昨夜才進門，我就跟來幫忙的朋友大吵一架。自從小狗車禍後，我們每天出門都提心吊膽，在和信醫院奔波時，心更是懸著，只好麻煩朋友來陪小狗。朋友熱心、善良，也是老交情了，也許就是太熟悉，所以有些界線不知不覺被跨越了。

整天陪阿沭在醫院轉診、檢查，心理壓力很大，加上工作電話一直來，我的壞情緒滿到頂點，深夜回到家，朋友碎念幾句：「家裡要整理乾淨，病人才會舒服，碗也要洗好。」

我瞬間爆炸：「我家很乾淨了，乾淨到你進屋子還要脫鞋不是嗎？也不過就一些雜物沒收好，哪裡雜亂？也不過就兩個碗沒洗，是有多髒？你知道我每天的壓力有多大嗎？你知道我一天只睡幾個小時嗎？你知道我要照顧阿逑、照顧狗、要加班，還要整理家裡、張羅三餐嗎？你知道我有多累嗎？」

阿逑跟朋友都嚇得不敢說話。我餘氣未消，繼續開罵：「我很感謝你來照顧小狗，但是如果要聽你碎念的話，那就不必了。我需要的是幫忙，不是指導。」

阿逑忙打圓場，朋友也陪笑臉叫我息怒，我的委屈又有誰了解？所有人都把關心放在病人身上，把壓力放在照顧者身上，一點小事沒做好，就是失職。有誰能理解照顧者的辛苦？

我需要的是同理與協助，不是指導。阿逑罹癌，我們都需要被關心，都很脆弱。我只能盡力，無法完美。

我已經盡力了。

2013.06.22

這個世界很虛假

這幾天真的好累，體力透支，鬧鐘偏偏一早就響了。我翻個身，眼皮睜不開。從初診斷到現在才十幾天，我卻覺得好漫長，長到彷彿經歷了無數次生死。

好疲倦啊，我可以賴在床上，不要面對現實嗎？今天要發稿單、發攝影單、敲定下週的採訪，並且寫完一篇稿子。一定要提早出門才行。

撐起來坐在床沿想了一會，決定弄份蔥蛋、烤個小貝果、做碗草莓優格，再好好煮杯咖啡。我需要一頓舒服、悠閒的早餐，讓自己喘口氣。

只有一個我能夠照顧阿逑、小狗，我撐得好累，需要蹲一蹲，才有力氣站得直挺挺，重新當她們的靠山。

出門時間晚了，只好趕計程車上班，在車上打電話諮詢律師朋友，簡單說了阿逑發現罹癌的經過、目前的狀態，以及我們的盤算後，問律師：「我有醫療決定權嗎？我們的財產是否需要先處置？」

我最想問的是：我們已經像夫妻一樣在一起十三年，我可以像異性戀夫妻一樣，為我的伴侶處理事情嗎？法律對我們有什麼保障？或者，法律會如何為難我們？

律師淡淡地說：「你們是法律上的陌生人。」目前台灣的法律並不保障同志伴侶的權益。哪怕我們已經在一起十三年，我還是沒有完整的醫療決定權，更無法處分我跟阿逑的共同財產。

我聽了非常震驚。我們比很多異性戀夫妻都相愛、緊密，沒想到卻是法律上的陌生人，我們不是「合法的伴侶」，所有法律上承認的伴侶責任與權利，我們都沒有。

我們的關係，比我想像的脆弱、難堪。

其實這不是我第一次遇到「不合法的困境」。兩三年前，為了買保單，就費盡心思。

當時有好幾位長輩心臟病發，很突然就過去了，甚至有正值壯年的朋友，只是去看場電影，卻心肌梗塞發作，電影還沒有演完，他就走了。我真的很不安，作息顛倒的阿述萬一突然倒下，我該怎麼辦？老是氣喘，又有心臟病的我萬一走了，阿述怎麼辦？

星盤上有四顆天蠍的我，常常感受到死亡的黑暗力量，我會預想死亡場景。也許是我走了，阿述悲傷邋遢到無法好好生活；或者是阿述走了，我慌張到只會哭。有時候我想著想著，就鼻頭發酸。

死亡隨時會來，我總得預先做點什麼。我決定兩人都要買保險，並且把對方設為受益人。我們必須為對方留一筆錢，萬一我們離去，活下來的人可以有兩年盡情悲傷，不用為錢苦惱。

我找了親近的朋友幫忙處理保單。儘管現行保單裡可以用朋友當受益人，但實際上申請理賠時，還是要有死亡證明才能作數，這個過程極可能被家屬刁難。雖然我們跟彼此原生家庭的感情都很好，牽扯到錢，還是要謹慎，不要讓任何一方為難。

於是我堅持的保單條件就是：「阿述不需要拿到我的死亡證明，就可以領到保險金。」我不是故意龜毛刁難，而是我不願意阿述傷心哀痛時，還要為了死亡證明而苦惱，甚至為此跟我的家人爭吵。

最後保險顧問終於找到一個辦法，只要把直系親屬也設定為受益人，再調整兩人理賠金的比例，我身故後，當家屬提出死亡證明申請保險金，保險公司就會主動按比例分配保險金。雖然繞了一個彎，也減少阿逑的部分權益，卻是我們能夠找到最好的方法。

於是我們各買一張保單，保險金百分之十給母親，百分之九十給對方。有了這筆「哀

悼基金」，我才可以安心離去。

這是我第一次深深感受到同志伴侶原來這麼不堪。

現在阿逑罹患癌症，要面對的更多，在醫療權上，雖然醫療法第六十三條、六十四條明定「關係人」也可以有醫療決定權，但是當遇到重大醫療決定，如截肢、插管、放棄急救等危急關頭，醫院為了自保，通常都堅持要家屬簽名才算數。

醫療權尚且如此，更別提監護權、財產處分等……。我們到底還要經過多少刁難？我們難道不是相愛的伴侶嗎？為什麼我們要忍受這樣的歧視？

台灣對同志真的公平嗎？真的沒有歧視了嗎？

我掛上電話，無語望向窗外。下太陽雨了，細細雨絲把仁愛路洗得好乾淨。計程車司機把冷氣開得很強，放送台語老歌。小車彷彿成了另一個宇宙，安靜、冷冽，車子開得平穩緩慢，我掉入另一個平行宇宙嗎？為什麼窗外的世界那麼美麗，我卻要面對這麼多難堪？

為什麼我跟阿逑只能是法律上的陌生人？

我抹了抹眼淚，望著清亮街景，這世界根本不美麗，世界很虛假。

2013.06.23

聲音

我很依賴阿述，那依賴已經滲透到生活裡的每一個細節。包括聲音。

我每天都要聽到阿述的聲音。這個習慣從我們剛在一起時，就被養出來了。那段日子我情緒很低落，長年的憂鬱越來越嚴重，需要很多愛跟確定。

每天睡前，我就窩在阿述暖暖的懷抱中，叫她說個故事給我聽。她找不到故事，我就說傻話，問她：「愛是什麼？」

傻話不用認真回答，說得甜蜜就夠了。

「愛像一陣微風吹過水稻田。」

「愛像夏天吃冰淇淋。」

「愛是冬天躲在溫暖的被窩。」

阿逑的聲音細細軟軟，很溫柔，有一點台中腔。我聽她說話，慢慢睡著。

有一陣子，我因為工作壓力大，得了嚴重的憂鬱症，甚至有恐慌症。在人多的地方會胸悶、驚慌，只想蹲在原地尖叫。

阿逑無法時時刻刻陪在我身邊，但是她的聲音可以。只要我一出狀況，就馬上打電話給阿逑。她接電話時，總是「喂」得很可愛，她會很有耐心地跟我講話，轉移我的注意力。

有次，我在大賣場採買聖誕派對要用的食材，原本是趟開心的採購，快要結帳時，賣場人越來越多，我覺得好擠、好慌亂，突然感到窒息，心臟好疼。我握著推車的手微微顫抖。

我馬上打電話給阿逑，她剛開完會，正在準備文案。阿逑放下工作，專心跟我說話，她口氣堅定地指示我：「深呼吸，去排隊結帳，不用害怕，結完帳就可以回家了。」

我依照阿逑的指示行動，把心神穩下來，乖乖地排隊。阿逑在電話那頭繼續跟我閒扯，問我買了什麼菜，又說不要亂花錢喔，冰箱快爆炸了。聽得出來她辦公室裡正在兵荒馬亂，很多人找她，她卻陪我講長長的電話，講很多笑話，笑著笑著，我就忘了原本的恐慌。

那一年，我固定到台北市立聯合醫院仁德院區（前台北市立療養院）看診、領藥。阿逑工作忙，無法次次陪我。我看完診，總是要在院區跟她說說話，罵罵精神科醫師今天對我很壞，說不可以停藥，還罵我怎麼不辭職。阿逑總會耐心叮嚀我藥不能停啊，叫我趕快回家。

我拿著一大包抗憂鬱劑、抗焦慮劑在仁德院區走著，聽著阿逑的聲音，覺得很安心。

憂鬱症好了之後，打電話給阿逑變成習慣，很多時候只是想聽聽她的聲音，簡單講個兩三句，就掛上電話各忙各的。

後來，她也習慣打個電話給我，看到好玩的事情想說一下，或者問說要不要買個什麼家用品？剛開始接到阿逑主動打電話來，我心裡竊喜：「她也開始黏著我了嗎？」

不過在一起十年後，黏膩的對話越來越少，我們打電話都是為了「講事情」，例如回家前會打個電話說：「買點吃的給你吃？想吃什麼？」有時候選擇太多，阿逑甚至會念菜單給我聽。念菜單比說我愛你還要甜蜜。那是一種生活上的體貼與照顧。

我今天突然感到慌張，萬一有一天阿逑不在了，我再也聽不到她的聲音，怎麼辦？

2013.06.24

我是好太太啦！

今天的情緒很複雜。本來帶著恐懼陪阿逑去和信做真空切片，沒想到卻有了第一次的同志伴侶與醫療的衝撞，讓我更深刻體會同志身分的複雜與無奈。

一早，我跟阿逑就去和信報到，準備做右邊乳房的真空切片檢查。因為阿逑右邊乳房的鈣化點不夠清楚，健保給付是開刀檢查，自費的話，則是用真空切片，減少疼痛與手術時間。

檢查前，護理師說明什麼是真空切片，原來是把真空的針刺進阿逑乳房，然後再從乳房中抽取二十二個樣本。我想像力豐富，腦中已經浮現煙花燦爛，針頭飛進阿逑乳房，又瞬間炸開的景象。我驚嚇地問護理師：「哇！那是天女散花吧！很可怕耶！」

護理師看我滿臉驚惶，安慰我：「聽起來很可怕，其實只有輕微疼痛感。」照例，我無法進去陪伴，只能在外面乾著急。

阿逑走出診間後，我急急問她如何，她的乳房已經被弄得夠多次了，老神在在說：「有一點點痛，還好啦！」比起夾乳房的乳房攝影、第一次的粗針穿刺，真空穿刺確實輕鬆點。

我們還沒從檢查回神，就被請去填表格。我萬萬沒想到，我最擔心的同志伴侶醫療狀況這麼快就發生。

填到居住狀態的選項時，護理師問阿逑：「你跟家人住嗎？」

阿逑指指我：「跟她住。」

護理師又問：「她是你的家人嗎？」

阿逑搖搖頭：「不是。」

我插嘴：「我是她的好朋友！」

護理師竟然邊填邊說：「那就是獨居了。」

獨居？我明明就是好太太，我們已經住在一起十三年了！雖然法律並不承認，但是在阿逑生命中，我是確確實實的好太太、好伴侶啊！但是當護理師詢問我們的關係時，我卻無法理直氣壯說：「我是她的太太。」我只能沉默。

認真想想，過去這十幾年來，我們在公開場合從來沒有坦率地對陌生人說：「我是她女朋友。」我們最常「使用」的「關係」是姊妹。租房子、介紹給疏遠的朋友，甚至請打掃阿姨時，都只能這麼說。

同志伴侶身分的難以開口，有時候不是為了自己，也為了對方。

沒有類似經驗的人，無法理解「難以開口」背後，千迴百轉的心思。我總是先猜想對方知道以後，會怎麼想呢？他會覺得我是怪物嗎？他會害怕我嗎？他會感到尷尬嗎？我有必要讓彼此難堪嗎？我們的友善關係會不會改變？

問了自己一百個問題後，我通常決定輕巧回答：「這是我姊姊。」

另外，我也忍受過太多粗魯的眼神。也不過才幾年前，台灣對同志還是很不友善，我的經驗證明，台灣人獵奇八卦的多，真正關心的少。

當時，我在工作場合被辨識出「有同志味」，我不知道那種「同志味」從何而來，我化妝、穿裙子，唯一可疑的大概是我的豪爽，以及我跟辦公室的T同事很要好。於是有些男同事不懷好意地問：「你是不是啊？承認嘛，我們都很開放的，都可以接受同志啊。」

放你爹的屁！你臉上掛著邪笑、眼神露出八卦味，說明你只是想探人隱私，問到了之後，就得意地大肆宣傳。真正對他人有尊重之心的人，絕對不會刺探人隱私。那既無禮，又粗魯。

不過這幾年社會氛圍好像改變了，前仆後繼出櫃的知名成功人士讓社會看見，同志可以是陽光的、成功的，同志不是怪物。同志運動的推進，更一點一點刺破把我們困住的隱形櫃子。

把櫃子打破，人才能自由。

我們漸漸變得大膽，除了熟朋友之外，初次見面卻感覺友善的朋友，只要氣氛夠輕鬆，我們就直接介紹：「這是我的女朋友。」通常都會得到很好的回應。萬一對方感覺不舒服，我也沒辦法，那不是我的問題，他得自己調適好，畢竟這個世界同性戀很多，有機會練習一下滿好的。我不介意讓人練習。

但是最讓我感動的反應，是朋友的慌張道歉：「對不起，我不應該以為所有的伴侶都是異性。」我的小小突破，卻換來這樣的情分。

最難突破的關卡是親戚跟陌生人。親戚有人情壓力，更怕母親為難；陌生人則無須糾纏。偏偏碰到醫院的護理師，不上不下，那句「我是她的女朋友」怎麼樣都說不出口。

接下來我們還會碰到多少這種情況？我是不是該開始練習忽略自己的不舒服，或者更勇敢地挑戰制度？

在做性別運動時，我們總是會互相安慰：「不要獨自面對體制的壓迫，碰到挑釁或者不舒服，忍一下，用團體的力量跟社會挑戰，個人不要做過多的消耗。」

可是，當制度直直朝個人撞過來，無處可逃，也許我該練習正面迎擊？

2013.06.25

同志的日常

前幾天看到一個跟同志有關的數據，真是驚呆了！

台灣同志一生的性伴侶平均人數是五十三．二六；一年性伴侶平均人數是十二．八一；換伴侶速度平均是二十八．五天；交往時間平均三個月到三年；一夜情比例是百分之八十九。——資料來源不明，反同團體以此攻擊同志濫交。

姑且不論在數學上，這份數據有根本上的問題：一年性伴侶平均人數如果是十二．

八一，一生伴侶人數怎麼會是五十三．二六呢？難道只有四年的時間有性生活？此外，性伴侶人數與同志婚姻合法化也沒有必然關係，同性戀跟異性戀一樣，有人追求開放關係，不想要婚姻；也有人追求一對一的關係，渴望婚姻。兩者並無絕對關聯，只是不同生活型態的選擇罷了，這種把所有同志都化約為性活躍的想像，實在很有趣。

我看到數據時，忍不住狂笑跟阿逑說：「喂！我們很弱耶，十五年才一個性伴侶！換性伴侶的日子則遙遙無期！」阿逑白了我一眼。

我們的日常一點也不刺激，相反地，充滿瑣碎的生活小事。

每天早上我們一醒，小狗就跟著醒，跑到床邊搖尾巴，所以我們每天做的第一件事就是哄小狗。刷牙洗臉後，我去廚房烤麵包、煮咖啡。阿逑則負責洗衣服、曬衣服。

早餐上桌後，阿逑才坐定餵魚。她老愛用精品公關送的昂貴的Georg Jensen鑰匙圈把魚飼料弄碎，撒在魚缸上，魚從水草間鑽到頂，昂頭猛吃。照例，阿逑會感嘆：「啊，怎麼辦，魚缸好擠，魚好可憐！」

那魚原本是阿逑在台北獨居時，我擔心她孤單，所以特地買了一小缸水草，裡面養了兩隻魚，想陪陪她。沒想到我很快就回台北，把整個家安頓好。兩人一狗的家風生水起，兩隻魚生了好幾代，現在已經繁衍一百多隻，小圓缸換成大方缸，兩株水草變成叢林，連那一抹浮萍，也占據了整個魚缸表面，不時得撈出來扔掉一些。

煩惱完魚缸，阿述還會煩惱一下越來越胖的小狗，以及越來越胖的我，重重地嘆口氣：「我們一家都肥嘟嘟！」

感嘆完家事，就該苦惱國事。我們吃早餐不看報，反而是滑手機看臉書、電子報，從頭版的國家大事，到副刊的生活趣聞，看完了，手也不沾油墨。

偶爾，我會放下國家大事，比手畫腳講起前一晚的夢境，然後很期待地看著阿述說：「這個夢是什麼意思？」家裡有個主修心理學又愛讀書的人真好，完全滿足我的知識欲，我就儘管偷懶不讀書了。

吃完早餐後，阿述會去遛狗，我則視情況決定，出門的話就晚餐見，不出門就窩回書房工作。我跟阿述的工作型態跟一般人不太一樣，我們不用打卡上班，完全責任制。

我們家永遠有兩間書房，一人一間，窩著工作。中午我弄點簡單午餐，煮個水餃、湯麵，兩個人唏哩呼嚕吃了，再玩一下手機，有一搭沒一搭講話。吃飽收好，我睏了，就倒在客廳沙發睡個短覺；阿述則回書房繼續工作，或者回房間睡午覺。

四點多，有點餓了，再煮杯咖啡、弄些點心，很賢慧地端到阿逑書房，很得意地問：「很幸福吧？有下午茶耶——，我是？」

阿逑必須很誇張、快樂地回答：「真的很幸福——你是好太太——！」

晚上七點左右，離開電腦，開電視看棒球，先確定比分，再去廚房做菜。通常弄三菜一湯，擺在茶几上很像個樣子。狗的晚餐也準備好，剪碎的雞肉配青菜。晚餐看棒球正好，阿逑的壓力完全釋放，常常很激動地罵裁判。如果教練下令觸擊，一擺短棒，阿逑又氣得大罵：「幹嘛點！」彭政閔一上場，阿逑就大叫：「恰恰——！」

吃完晚餐後，阿逑負責倒垃圾，我則收碗洗碗。休息一下，再度回到書房工作。

晚上十一點出門遛狗，小狗最喜歡全家陪她走走，高興地搖尾巴，東聞西聞。如果要買食物，就早點出門，走遠一點到超市，阿逑跟小狗在公園玩，我在超市買菜。買完菜，阿逑跟小狗已經坐在超市門口等著，我總是要犒賞乖乖等待的一人一狗，夏天就買一支冰淇淋，冬天則買一杯熱可可，小狗快樂打轉，阿逑也吃得很開心。

回家後，輪流洗澡，然後躺在床上玩一下手機電動，鬼扯一下，偶爾幫小狗按摩。接著就累了，睡覺。

對比反同團體引用的性伴侶數據，我真的好慚愧，我們的生活沒有一點香豔刺激，日復一日，只有吃飯、說話、玩小狗。這就是我們的日常，也是很多同志的日常。

至於今年剩餘的十一．八個性伴侶，只能夢裡再相會了。

2013.06.26

反正衰到谷底了

一早，我驚慌地跟阿逑說：「完蛋了！水星又要逆行了！一定會很倒楣！」

阿逑老神在在：「不用怕，我們已經衰到谷底了。」

真有智慧。

2013.06.30

右邊乳房沒事！

回和信看右邊乳房的切片報告，內心忐忑。

沒想到卻是久違的好消息啊！右乳的化驗結果是良性，不用切除，持續追蹤就可以了；左乳的癌細胞沒有入侵淋巴，有很高的機率可以逃過化學治療。

雖然醫生不斷強調所有的情況都要進開刀房才會知道，但我們已經太久沒有聽到好消息，在診間笑得合不攏嘴，報告結果是我們所可以期待的最好的了！感謝老天爺！

最後確定的治療方式就是左乳切除，右乳追蹤，預定七月十日住院，七月十一日開刀，七月十二日出院。

從六月二十日到和信醫院初診斷、確定病情，到敲定開刀日期，一路上都感受到這間醫院明快、體貼的作風，我跟阿逑很慶幸選對醫院。我們的原則就是，只要阿逑可以少受苦，哪怕只有減少一點點痛，我們都願意努力，並對此心存感激。

製作人黃黎明老師自己在養病，卻惦記著我們今天看報告，打電話來問病況，知道我們抽中上上籤後，比我們還高興！

回到市中心，我嚷著要慶祝，決定拐阿逑請我吃昂貴的「橘色火鍋」，阿逑傻傻答應。我一坐下就豪爽地點了龍蝦火鍋，還附贈一盤和牛！這可是我人生第一次吃和牛啊！其實不只和牛，我人生第一只也是唯一一只鑽戒，就是阿逑送的。那天是我三十歲生日，她很難得願意陪我逛信義新光三越，不經意說：「既然三十歲，那就挑一個戒指吧。」

我們沒什麼錢，在普通飾品專櫃挑一個十五分的小鑽戒，理所當然戴在右手的無名指上，阿逑看著我的手，很滿意地說：「很秀氣。」過馬路時，我把右手舉得好高，笑得合不攏嘴，直說：「唉唷，戒指好漂亮，難怪女生都喜歡鑽戒耶！」阿逑也好開心。

那耀眼的戒指在我手上待了好幾年，我沒事總愛轉轉戒指，摸摸上面的鑽石，感到心滿意足。有天，我洗完碗，無意識地轉戒指摸鑽石，卻只摸到尖刺的戒台，低頭一看不得了，鑽石不見了！它順著水流被沖到下水道了！阿逑急得在流理台又摸又找，但什麼都沒有了。

那天是奶奶忌日，說好去寺廟為奶奶上香。當我拈香祈求菩薩保佑家人身體健康時，卻聽見阿逑跟菩薩說：「拜託祢，幫我找回那顆鑽石。」我看著忍不住好笑，又不能怪她，畢竟節省如阿逑，那顆鑽石是相當貴重的禮物。

總是這樣，節省又樸素的阿逑跟我在一起後，老是被我抓著到處玩耍。我愛吃愛玩，老拗她請客，還大言不慚地說：「我讓你的生活變得更有趣了！」她不怎麼服氣，卻又說不過我。

就像今天的和牛火鍋挺貴，可是牛肉跟龍蝦都好好吃，我放心開懷地吃，阿逑則碎念：「我不喜歡吃龍蝦，牠長這麼大要很多年，好殘忍。」卻又毫不客氣地把龍蝦往嘴裡送。我被逗樂，忍不住呵呵笑。心頭重擔消失了，好久沒有這麼開心。

2013.07.01

頂加的逆襲

「我想搬家。」前幾天晚上，阿逑突然投下一枚震撼彈。

「搬家？我們才剛從大安站小套房搬到仁愛路的頂加，才剛安頓好！」我又驚慌了。阿逑在中山醫院初診斷那天，新電視、奶奶的老藤椅才剛運來，我好不容易把家整理好，她又想搬家？

「可是我不想住在這裡了！」阿逑很堅持。

我知道這房子不夠好，當初為了配合工作時間，匆忙租下頂樓加蓋的房子，還天真地以為大露台可以讓小狗跑跑，超級完美，很快就決定租了。從來沒有住過頂樓加蓋的我們，眼界大開。

頂樓時時有人上來看水表、修水塔，我們根本毫無隱私。頂樓又熱得不得了，才六月，一進屋馬上要開冷氣，強風吹一個小時才會涼快。偏偏冷氣又老，排水管還接到廚房，哪怕用桶子接水，隔天廚房地板還是積滿水，我每天都踩在水裡做早餐。不只如此，這房子正對著中山醫院的空調主機，轟轟聲讓人抓狂。

本來我們打算繼續忍耐，噪音習慣就好、積水掃掃就好、電費咬牙付了，忍一年吧。不過阿逑開刀後，進出都得爬一層樓，確實很辛苦。

「搬就搬吧，可是距離開刀只剩十天，要去哪裡找房子？」這是好太太的能力大考驗嗎？我就跟你賭一口氣啦！

說來很奇怪，自從我們決定搬家後，這房子一直鬧脾氣，狀況不斷！某天早上，我趕著出門開會，沖了一個戰鬥澡，把水龍頭往下壓要關掉時，水龍頭就這麼斷掉了，水花不停從破口噴出來，阿逑急忙從床上跳起來，衝到外面把總開關關掉，才沒釀成水災！

沒幾天，阿逑睡前要帶小狗到露台跑跑時，我突然聽到她大罵三字經，她是斯文人啊！我抬頭一看，門把居然硬生生地斷了！阿逑拿著斷掉的門把又氣又急，門把一斷，我們根本就出不去啊！搞什麼！我們被鎖在自己家裡了！阿述氣得快要爆炸，我卻笑到肚子痛，有沒有這麼倒楣啊！最後我們是把曬衣竿穿出鐵窗，鉤住外面的門把，才把門打開。看樣子，直到搬家前都得這麼開門了。

「是不是鬧鬼啊？」朋友們都很關心。

「不會啦，老天爺只不過想玩玩我們而已，就陪祂玩啊！」話是這麼說，我心裡還是滿害怕，家還是要搬。

臨搬家前，在露台陪小狗玩，在花盆裡撿到一根漂亮的羽毛，聽說那是天使來過的痕跡。這天好熱，天空好藍、好美，我在露台上好好地跟這間小頂加道別，謝謝它在我們剛回台北時收容我們；謝謝它在我們最亂七八糟慌亂不已時，給我們帶來更多麻煩；謝謝它讓我們有機會住在中山醫院對面，才能即時發現阿述的癌細胞。

謝謝這一段頂加的日子。我們打算搬到大安森林公園旁，讓阿述方便療養。未來會更順利吧？

老天爺請賜給我神奇的力量，讓我在十天內安頓好一個阿述喜歡的家，順利通過好太太考驗！

2013.07.06

入住大安區

五天內，我們就找到新房子了，是大安森林公園旁的老國宅。這裡是全台灣最昂貴的地段之一，我從來沒想過會住到這一區，但是阿泚開刀後可能需要化療，聽說副作用是躁動，坐立難安，需要大片空間走動。我們因為工作關係，不能搬到鄉下住大房子，只好咬牙入住大安區，讓她有一整座公園走走。

老國宅的周圍街區很閒適，有小菜市、古董店，和矮矮的老公寓，感覺不出是台北市中心，是可以安心落戶的小區域。

房子裡則有三房兩廳，裝潢很老派，卻乾乾淨淨，足夠兩人一狗舒舒服服地住。這房子跟奶奶住過的五樓公寓很像，黃色磁磚地的客廳，將會擺放奶奶的老藤椅。冥冥中彷彿有種緣分，把我們牽引來此。

新家的房租是頂加的兩倍，也是我們租屋生涯中，最昂貴的一間房子。阿逑生病讓我們把人生的優先順序都改了，以前健康排在事業後面，現在要對調；以前省錢排在舒服前面，現在只要能好好過日子，都要感恩。

搬家日離阿逑開刀只剩三天。我請了一個禮拜年假，先把家搬好，再陪阿逑開刀。阿逑則安排了兩天的家族旅行，想在旅行中跟家人講她罹患乳癌的事。

阿逑不在，我獨自打包。這次搬家很簡單，主要家當都還在花蓮，台北比較清簡，才住三個月，只有生活所需，沒想到也堆了好幾大箱。

我看著角落的紙箱，百感交集。從十九歲到台北念大學以來，這是我第十五次搬家，跟阿逑在一起也搬過好次家。

我跟阿逑是同居之後，才確定彼此合得來，走得下去。我跟阿逑的個性天差地別，阿逑大我十一歲，善良沉穩，行事思慮甚深；我毛躁激動，常常暴走。才在一起三個月，阿逑就受不了，突然跟我說：「我們好像不適合，要不要考慮分手？」

我低著臉，倔強地不肯哭。阿逑看我難過，心又軟了，只好說：「不然這樣，我的房客要搬走了，你搬到我家，如果可以一起生活，就繼續在一起，不然就算了。」

阿逑家在新店山上，裝潢得很漂亮，是她跟朋友們合買的，住在這麼美麗的屋子，感情會更好吧？

沒想到同居生活根本沒有甜蜜期，我們一直在磨合。阿逑是個孤僻鬼，看起來溫和，實則幫自己築了一道很厚的牆，只肯開一扇小窗對外露出笑臉。我一天到晚在打牆，把牆打了，我才能靠近她啊！

習慣一個人的阿逑，吃飯拿一雙筷子、疊衣服只疊一半，連一大杯珍珠奶茶都忘了分我，自己咕嚕咕嚕就喝光！我吃東西很慢，常常氣得拿著空杯子大罵：「你不是一個人，你現在有女朋友了！可以留一半給我吃嗎！」

家務也引起戰火。我本來就不會做家事，連掃地拖地都做得亂七八糟。有天，我們在鋪床時，阿逑不太高興地說：「我的生活已經夠沒有秩序，為什麼交一個女朋友跟我一樣！」

「我就是不會做家事。如果你想找那種很會持家的女生，很抱歉，你找錯人了。」說完，我把床單一扔就走了。

後來阿逑決定「請打掃阿姨」。她嬉皮笑臉地說：「一千元可以解決的事情，幹嘛要搞到大家不開心呢。」

在山上住了兩年後，因為種種原因決定搬家。這回，阿逑想買房子。她已經四十歲，曾經有過房子，無法回到租屋生活。但我才二十九歲，對我來說，買房子簡直像承諾一段永遠的關係，我沒有辦法。

我為了阿逑，勉強答應，卻好害怕：「我並沒有要承諾一輩子啊！」最後，陰錯陽差地，我們還是沒有買到房子，我暗暗鬆了一口氣。

誰會想到我們在一起十幾年，眼看還會繼續走下去；更難以想像的是，當時沒買成的房子，已經從四百萬漲成一千萬，我們已經買不起了。每當提起這段往事，我都非常羞愧，是我對不起阿逑。

既然沒買房，就只好租屋了。後來我們又搬了好幾次家，從台北到花蓮又回到台北，轉啊轉的，像兩隻耗子，馱著所有家當打轉，最後還多了一隻小狗。

每一個家都累積了我們的記憶。新店山上的家，一面望著台北市夜景，另一面則看著新店的山景，客廳是墊高的木頭地板，夏天燠熱，我們兩個就躺在木頭地板等待午後雷陣雨，總是身上微微冒汗地睡著，直到雷陣雨嘩啦啦下了，涼風從山邊灌進屋子裡，才慢慢醒來。天黑了，阿逑會蒸條魚、炒盤青菜，我等著吃就好。當時我們跟朋友一共養了兩狗兩貓，不時還有新的貓咪來作客。

兩年後，我們搬到新店的另一個山頭，那裡有條平緩的散步道，秋天可以看芒草，是個有點偏僻的社區，朋友嘲笑我們：「哪裡偏僻就往哪裡搬。」我常到附近的黃昏超市買好喝的豆漿，裝一瓶豆漿，準備幾個麵包點心，兩人帶上老狗皮皮去步道吃早餐。

我們一度搬到更遠，到花蓮小住了好幾個月。家就在中央山脈山腳下，睡覺時不關窗、不拉窗簾，每天被陽光叫醒，睜開眼就看到山。迷迷糊糊醒了，就到門口的小院子摘薄荷，洗乾淨後，擠點檸檬、倒點蜂蜜，做一壺花草茶。我們在小小社區認識很多新朋友，還包括兩隻貓咪，摩卡與咖哩貝特，在社區散步時，兩貓會咚咚跟在我們腳邊慢慢走。

回台北後，我們決定搬到市中心一點，住到新店七張站，這才發現原來台北人巷口就有麥當勞是很正常的，買醬油也不用開車。住七張時，正好遇上新店房地產狂飆，我們常常手牽手站在後陽台看建商放煙火。

接著我們又搬到花蓮，住在六十坪的大透天，院子種了苦楝、欒樹。老狗皮皮走了很多年，我們第一次養新的小狗墨麗。每天早上，墨麗都會到頂樓陽台曬太陽，再不就到一樓院子曬太陽。這是我們在一起後，難得安靜幸福的時光。

這次回台北後，四個月就搬了三次家。大安站的小套房太吵太小，不適合「一家人」住，很快就搬到仁愛路頂加。我把頂加弄得很舒服，添了床，又添了白色的餐桌椅、斗櫃、桌燈，甚至把奶奶的老藤椅也搬來。

我們在哪裡，哪裡就是家。我總是說：「妻妻應該要住在一起，不應該分居兩地。我們要有一個家，否則就不是妻妻了！」忘了是誰送我一個小牌子，寫著：「A Home Without A Cat Is Just A House.」我把它掛在家門口。

大安森林公園旁的新家很通風，站在客廳，涼風不停灌進來。陽台可以眺望建國高架橋的夕陽，雖然有轟轟車聲，但還可以忍耐。以前偶爾會到建國花市買花，現在住得近，可以常常買。夏天是野薑花的季節，住在花蓮時到農會超市買菜，一定會順手買一束野薑花。我好想念那清新的香氣。

A HOME
without
a CAT
is just
a HOUSE.

畢竟日子是往前過，沒有人可以回到過去。既然已經回到台北，就只能待下來。無論搬得多遠，經過多少困難，我跟阿逑都會一起面對，我們家就是彼此的避風港。

2013.07.08

開刀延期之我早就告訴你了！

我終於順利通過好太太的考驗，十天內把新家安頓好。我看著新家，非常滿意。我真是太賢慧了。

不過，我突然想到一件很重要的事，轉頭問阿逑：「後天要開刀了喔，你家人什麼時候到台北？誰會陪我等？」當初說好了，阿逑進開刀房時，一定要有一個家人在外面。我是阿逑認證的好太太，卻不是「法律認可的伴侶」，我不確定自己擁有多少醫療決定權。

阿逑竟然沉默。

「你還沒跟你家人講你得癌症要開刀？」我大怒：「你不是要趁家族旅行的時候，告訴他們這件事?!」

「可是大家玩得這麼開心，我說不出口啊！」

「你還頂嘴？後天就要開刀耶，你家人難道不用在手術室外面陪你嗎？你得的是癌症，不是感冒，這麼大的事情，怎麼可以不告訴家人！」

阿逑很愛她的家人。她是家裡的大姊，也是最會念書的孩子，從小就負責照顧弟弟妹妹。她很照顧家人，甚至每年安排好幾次家族旅行，但她卻不習慣被照顧，不忍心跟家人說她生病的事情。

可是在現行法律下，同志伴侶的關係並不被承認，萬一有緊急情況，我到底可以為她作主到什麼程度？我一點把握都沒有。更別提這是攸關生死的大事，她家人都不知情，萬一有什麼閃失，他們來跟我要人，我拿什麼還給他們？無論是法律與道德上，她都必須讓家人知道。

「反正無論如何，你被推進開刀房前，你的家人一定要知道，要有一個人陪我守在開刀房外。」我對阿逑下最後通牒：「你現在就給我打電話！」

在我的脅迫下，阿逑終於打電話告訴從事保健工作的小妹。小妹馬上趕到家裡，還帶來一堆養生器材跟保養品，最重要的是，她希望阿逑不要「急著」開刀，再多一點時間尋找其他可能。

其實我明白阿逑家人的憂慮。阿逑的父親是罹患淋巴癌過世，怕麻煩的他根本沒有跟家人討論，也沒有做太多評估，就馬上開刀，結果癌細胞快速擴散，很快就走了。阿逑為此很自責，她的兄弟姊妹們也是。他們常說：「如果當初再多想想就好了。」他們害怕舊事重演。

「至少要給自己一個月的時間思考，也給家人一點時間。」阿逑的小妹說服了她。

小妹走後，我超級火大：「你如果一發現就告訴家人，不也就一個月了嗎？現在開刀日期都訂好了，我假也請了，你又不開了！」

「我需要再想一下，我要評估！」金牛座的阿逑想事情很慢，做任何決定都很慎重，而且固執。

阿逑怕痛、阿逑怕動刀動槍的事情、阿逑需要時間思考，那是她的身體，她得自己決定，我只能陪伴。

可是我好生氣啊！

2013.07.15

尋訪名醫

阿逑確診後，我們以西醫為主，短短一個月內看了三家醫院，醫師都是一方權威，他們的答案都很一致：阿逑的癌細胞是擴散型，散落在左邊乳房，無法局部切除，必須全乳切除。

西醫這條路目前已經是定論，無可更改，阿逑決定試試另類療法，想知道是否可以不用挨刀。念心理學的阿逑，對於各種身心靈議題本來就高度關心，甚至上過很多課程，「另類療法」自然也在她關切的範圍，其熱忱可比貴婦對時尚的追求。

我們家抽屜裡躺著很多她的「法寶」。有天，她帶回一塊小磁石，很得意地說這塊小石頭有多強的功效，我忍不住問價錢，一塊要上萬元哪！她也曾經買過一個三千元的小鐵棒，據說可以推開身體的酸，讓經絡暢通。她還幫我買課程，一次兩千五百元，每週一次，要持續好幾個月。師父會用小鐵棒硬推全身肌肉，說是「排酸」，每次做完我都像挨揍一樣，全身烏青，痛到大哭，阿逑卻堅持這種療法絕對有用，要忍耐！我每次都抱著必死的決心去排酸，好不容易烏青散了，下一次的課程又來了。我去了一個月就放棄，幾年後聽說這課程根本是一場騙局。

雖然我對這些療法半信半疑，但這是阿逑的旅程，我只能陪伴。今天要拜訪兩位自然療法名醫，診所都在台北市最昂貴的地段，感覺不像是我這種人去的地方。

早上看的是留美名醫，醫生本來學西醫，後來在美國拿到自然療法博士，有憑有證。診所還推廣生機飲食、排毒與營養針。

醫生一看完我們準備的乳房攝影光碟後，阿逑就急切地問：「可以不要開刀嗎？用另類治療有效嗎？」

醫生沉吟半天說：「你這個很難判斷，沒辦法決斷地說開，或者不開。不然這樣，我幫你卜卦。」話才說完，他就走出去了。

我們面面相覷，卜卦耶，真的假的？三分鐘後，醫生回來了，手上竟然拿著三枚銅板，還是美金喔，他真的要卜卦！卜完卦，醫師念了一首卦詩，我記不全了，大意是：眼前將有一段辛苦的旅程，無論選擇哪一條路，都會是平安的。醫生念完卦詩後，就看著我們微笑，沒有要給答案的意思，可是我跟阿逑就是想來聽答案哪。

離去前，醫生講了一下療程的費用，療程要價一萬五千元，每週一次，至少要做三個月以上，再視狀況調整，費用不包含營養針。我內心初步估算一下，一個月至少要花六萬元，果然很昂貴。

走出華麗的診間，我已經開始不爽，花了一筆掛號費，只得到一首卦詩，真是荒謬，阿逑卻興致勃勃，講個不停。我臭著臉在巷子裡找餐廳吃飯，我一餓，脾氣就更差，阿逑還在分析排毒的重要性，我不以為然地回嘴：「排毒？早睡早起更重要吧！」

阿逑急著還想解釋排毒，我卻爆炸了：「我們生活只能說過得去，不是真的很富裕！一個月六萬元，再打幾針營養針，一個月十萬就沒有了！怎麼過生活？這樣壓力太大了！治療癌症，最重要的就是快樂！一個月光是醫療費就要花十萬元，我不會快樂啦！你女朋友不快樂，你也不會快樂啦！」

阿逑看我抓狂，再不高興都只能閉嘴，否則我只會更激烈。

下午去另一家診所看診。這回是個留日的醫學博士，診所瀰漫著老派氣氛，推開大木門，就是診間。醫生用一種古怪老舊的儀器看診，他說：「手心是身體訊息的接收器，只要把儀器在手心點一點，身體其他部位就會把狀況回報到手心。」

我聽了好想笑，阿逑反瞪我一眼，回頭認真聽老醫生說話。結果她的手心傳來訊號，她是容易得癌症的體質，全身都有潛伏的癌細胞，只是西醫的儀器測不出來。

老醫生看著阿逑說：「你要小心，這次治療好，下次還會有別的！」走出診間前，我們照例被告知診療費用，單次兩萬五，每週做一次，一個月大約十萬元，至少要持續半年以上。

阿逑臉色慘白走出診間，沒多久就在路邊哭了起來。這是她罹患癌症以來哭得最慘的一次，淚水簡直止不住。她被「癌症體質」與「高復發率」嚇壞了。

我怒氣沖沖對她說：「我才不管另類療法是什麼，但是我絕對不會把你交給卜卦定生死的醫生，更不相信手心傳訊息那種鬼話。一定還有什麼，是我們可以努力的！」

2013.07.17

大天使來了

另類療法走不通，就追求更高遠的神靈，這幾天我們邀請大天使來守護。這不是開玩笑，我是認真的。這世上由不得人的事情太多，人使不上力，只能請神佛幫忙，有朋友請關公、觀音，我們則是在機緣巧合下請了大天使。

我們從喜歡研究光、靈性、大天使的朋友處，邀請五位大天使，麥可、烏列爾、拉斐爾、加百列與麥達倫到我們家作客五天，這將會讓我們家「沐浴在天使神聖的光中，得到庇佑」。

大天使到訪，家裡一定要打掃乾淨，讓大天使待得舒舒服服。還得準備小小的聖台，可以是矮櫃子、小桌面，重點是要乾淨清潔。聖台上必須放著白色的花跟蘋果，供養大天使；一個白色的大蠟燭，在大天使作客期間都得點著；寫三封信，分別給大地母親、家人與自己，放在一個大信封裡，擺在花旁。大天使走後，要把信燒了、蘋果吃下肚，花放回泥土地。

我為了迎接大天使，把和室整理成小小的祈禱房，在長桌子上擺一朵很美麗的百合花、一顆大蘋果，還有一個裝在漂亮杯子裡的野薑花蠟燭。

大天使來之前，我跟阿逑恭恭敬敬坐在餐桌上寫信。我希望大地母親可以原諒人類為她帶來的傷害；希望阿逑、母親跟小狗可以健康平安；希望我可以實踐自我，生活富足，不要再對自己與未來感到疑惑。

晚上十點三十分，大天使來了。我們按照指示，歡喜恭敬地把大門打開，跟大天使說：「歡迎你們來到我家，ＸＸ將你送到我們家，我非常感激你們將給這個地方和住在這裡的人們，帶來淨化與和平的能量。感恩你們為我們帶來和諧、喜悅，和寧靜。感恩你們接受我們的願望。」

把大天使邀請到聖台後，我跟阿逑一起靜坐、冥想，感受大天使帶來的寧靜氣氛。

其實我們期待的並不是什麼神奇的療癒，而是心靈平靜。這一個多月來，我們緊張到根本沒辦法好好呼吸，直到跟大天使同在的這一個夜晚。也許是因為花香，也許是因為暗示，我跟阿逑很快就平靜下來，躺在木頭地板上做瑜伽的大休息式，把自己攤平，身體完全放鬆，閉著眼睛，什麼都不想。

我真的感覺，我被愛包圍。大天使來了。

接下來的五天，我跟阿逑心情平和，回家後總喜歡到和室躺一下，什麼話都不說，只是放鬆。關於癌症、死亡，我們已經講得太多，不安把生活填滿，大天使來的時候，我只想得到寧靜。

把大天使送走那天，我們很慎重地把信燒了，希望大天使聽到我們的願望。在餐桌前把蘋果吃了，希望把大天使的能量灌進身體裡。然後我們手牽手走到公園，挑了一棵很美麗的樹，把白色百合花放在樹下，希望它回歸地球母親的懷抱。

至於聖台上的野薑花蠟燭，就繼續點著吧，我很貪心，想要很多祝福。

2013.07.19

睡前的祝福

有天使陪伴還不夠，我們每天睡前、晨起都聽脈輪淨化CD。順著引導，從海底輪一路冥想到頂輪，慢慢地把光充滿全身。

海底輪在尾椎的地方，代表對身體安危與金錢的意念；臍輪代表個人癖好、欲望與信念；太陽神經叢代表權力與掌控；心輪代表愛；喉輪代表語言及文字的表達；耳輪可以聽見內心與靈界的聲音；第三眼代表超視覺；頂輪則代表個人高我及宇宙能量中心。

我並不追求所謂的超視覺、超聽覺，我只渴望平靜地睡著與醒來。

在一開始冥想海底輪時，引導者說：「你的個人目標，完全符合神要你幸福快樂的願望。」我跟阿逑選擇的職業、愛情，都跟別人不太一樣。我們選擇寫作為生，選擇同性為伴侶。在愛情上，我們很確定；在工作上，我們卻常常搖擺，懷疑自己犧牲了職場晉升、穩定收入，換來的是否值得？我們真的走在一條對的路上嗎？沒想到這張CD，一開頭就穩住我們的心，原來，我想去的地方，跟神希望我幸福快樂的地方是相同的。

冥想練習中，更不斷重複提到：「你是被愛的，你是安全的。」我第一次聽到這幾句話，內心感受到無比溫暖。我之前一直想不通，阿逑明明是個大好人，心軟又善良，為什麼我們會遇到不好的事情？我們不被愛嗎？直到聽了脈輪淨化的CD，她不斷告訴我：「你是安全的。」我終於可以放下恐懼。

在夜間冥想的最後，提到有四個天使，整夜駐守在我們家門外，沒有任何危險，能夠滲透這些值得信賴的天使。每當聽到這裡，我就會安心地沉沉睡去。不要怕，我們是被守護的。

其實我們以前也做過冥想練習，在我焦慮症最嚴重的時候，阿逑每天晚上都會帶著我冥想。

她總是陪我躺在床上，輕輕地說：「頭皮放鬆、眉毛放鬆、眼睛放鬆、鼻子放鬆……

最後，腳趾放鬆。」阿逑一句一句地念，直到我熟睡為止。

以前阿逑是這樣照顧我的，現在換我來照顧她吧。每天睡前，阿逑躺好後，我就放夜間冥想；每天早晨，我比她先醒過來，放晨間冥想，讓她慢慢醒過來。晨間冥想的最後一句話是：「你完美而健全，並得到萬般寵愛。」

也許有人會笑我怪力亂神，我不在乎。我只希望阿逑每天都好好醒來，微笑著面對生命的挑戰。

2013.07.20

羅漢中醫

當然，我們不能只依靠天使跟脈輪淨化，那只是讓我們心靈平靜。畢竟是癌症，醫療才是正道。西醫走到死胡同、另類療法撞牆，我們還有最後一個依靠——中醫。

比起西方醫學跟另類療法，我一直比較喜歡中醫，中醫有千年的累積，而且相當「客製化」，針對每個人不同的體質、狀態，給不同的處方。

好中醫卻難以尋覓，要靠緣分，也要能夠真心信任。我們在朋友的引薦下，尋到一個中醫，他不輕易幫人看病，一看就有情有義。中醫長得又高又壯，還會武功，簡直是羅漢，可是笑起來又會瞇著眼，很可愛，我偷偷叫他羅漢中醫。

羅漢中醫師診斷後，笑說中醫當然也有解決癌症的方法，但是既然阿逑已經決定要開刀，那麼他就先站在協助的立場，幫阿逑好好度過這場手術。等到手術後，再用中醫做更多調整。

他的診斷不那麼決絕，卻又很有自信，叫我們放心去開刀，他來當靠山。我們才看一次，就知道找對人了。這位中醫的治療雖然要自費，可是比起動輒一個月十萬元的費用，還在我們可承擔的範圍內。

更重要的是，羅漢中醫也很愛吃啊。大喜！有很多中醫喜歡用忌口來限制病人，我聽過最嚴厲的中醫是不准吃水果、夏天要穿長袖，第一次去看診的病人，一定會拿到一張落落長的忌口食物清單。很多朋友花大錢去看這位中醫，卻根本無法忌口。最好笑的是，有回朋友還在美食街遇到忌口中醫，他正在大吃「不准吃」的食物，遠遠看到病人，就馬上把頭低下去，恨不得鑽到桌子底下。

我們的羅漢中醫對忌口則有不同看法：「不要帶著害怕恐懼的心吃飯，那會把恐懼的能量也吃下去。有些食物對身體好，帶著歡喜的心吃，不要帶著『不吃就不好』的恐懼吃。」

診斷之後，羅漢中醫看阿逑很害怕，溫暖地安慰她：「不用怕。我們一定可以想辦法度過的，我會幫助你。」我跟阿逑聽了很感動。

繞一大圈，我們好像看到新的希望。剩下的就是決心了。

2013.07.22

華麗的早餐饗宴

醫療上我使不上力，既沒有專業知識，又作不了主。那就為自己找個舞台吧，否則只能陪伴，真的很心急。

我常開玩笑自稱是「好太太」，一切的愛都表現在食物上。因為要工作，所以午餐晚餐很難顧上，那就從早餐下手吧。況且人家不都說早餐是最重要的一餐？

罹癌的人該吃什麼早餐呢？一開始我們毫無頭緒，我習慣吃西式早餐，那就來個豪華加長版吧。

首先，要解決採買的問題。阿逑生病後，我就堅持有機無毒原則，主要的菜色在主婦聯盟買，雞蛋跟雞肉絕對要挑選沒有藥物殘留的，免得有生長激素；熱狗也要主婦聯盟認證的信功豬肉；芽菜一定要好幾種，特別是抗癌的花椰菜苗，一盒一百，照樣不手軟地買！有些菜主婦聯盟缺貨，就到貴婦百貨公司或者有機商店找，只要店員說：「抗癌！」我就往推車裡放。我已經放棄計算一餐要吃掉多少錢。

當時我們還住在仁愛路的頂樓加蓋，每天早上冷氣漏水都會積在廚房，淹水直達腳踝。我就這麼踩在水裡，端出一大盤切好的水果、一大碗芽菜沙拉、一人一大碗淋滿鳳梨蜂蜜的優格，另外還有豪華麵包盤，上面擺了麵包、熱狗、奶油，最後送上一大壺手沖黑咖啡。

阿母來訪時看到滿桌的早餐，驚嘆不已。我住在家裡時，永遠都是睡到日上三竿，刷牙洗臉完賴在沙發上，阿母馬上把麵包咖啡水果端到面前。

我們的醫療之旅從西醫到另類療法，豪華西式早餐都沒有問題。畢竟排毒講究的就是芽菜、水果，可是一旦走中醫治療，這些東西都屬寒性，大大不行，連優格也不好。

就在我萬般苦惱時，朋友推薦「地瓜餐」，據說他的老師就是因為吃地瓜餐，才把癌症治好。菜單很簡單，每天早上吃一碗地瓜乾飯，配上兩份燙青菜，每一口必須咀嚼五十下。地瓜餐聽起來簡單多了，只要買到有機地瓜就行。

吃地瓜餐的第一天，我帶著無限的愛，一早就起來煮地瓜飯，準備兩份只淋了醬油的燙青菜，非常有義氣地跟阿述說：「我陪你吃地瓜飯！」然後我就轉身拿出我的鮪魚罐頭，我真的無法吃素啊！

第二天早上，桌上依舊擺了地瓜飯、青菜，以及我的鮪魚罐頭。阿述很認命，不吵不鬧地吃完。

第三天早上，阿述哀怨地問：「我可以吃一點點鮪魚嗎？」我不忍心，給了她幾口。那天她只扒幾口飯就不想吃，鍋裡剩下一大堆地瓜飯，我加班回來後順手煮成地瓜稀飯，阿述臉臭得不得了。

第四天早上，為了清倉，我還是煮地瓜飯，順便幫自己烤了一支大熱狗配飯，阿述非常非常哀怨，一直吵著要吃熱狗。

第五天早上，沒有地瓜飯了，阿述的臉臭到我不敢再煮地瓜飯！

但是，好太太豈是這麼容易被打敗！不吃地瓜飯，吃地瓜總可以吧！阿述在吃飯上絕對是個「視覺系」，剛在一起時，我還摸不清她的口味，幫她外帶自助餐，問她想吃什麼，她竟然回答：「漂亮的。」

對付注重外貌的人還不簡單，清蒸小地瓜配小紅蘿蔔，再不就小地瓜配紫色糯米玉米，擺得漂漂亮亮上桌，再配上一杯老薑紅茶，又飽足又健康還很漂亮，而且超省事。阿逑熱愛養生，菜色漂亮又不無聊，她終於高高興興吃了。

可是這種清淡早餐完全不合我的胃口，與其勉強自己吃不喜歡的食物，我寧願多費點工，做兩份早餐。阿逑的早餐放電鍋蒸之後，我就烤兩片法國麵包，舀一大匙堅果醬，煮杯咖啡，多花十分鐘，兩個人都有喜歡的早餐。

說到底，我寧願麻煩，也不願失去自我，在關係裡委屈。有陣子阿逑堅信菜裡不放鹽可以抗癌，我卻受不了沒滋沒味的青菜，於是我就準備兩盤菜，不加鹽的給阿逑，加了鹽的自己享受。誰都不要為了對方的習慣而退讓。阿逑對我這種堅持主體性的作法相當支持，她也認為每個人都是獨立的個體，不應該為了伴侶而犧牲自我。

當朋友在愛情裡不斷退讓卻被狠甩，跑來哭天搶地：「我犧牲這麼多，為什麼她還不愛我！」

我都淡淡回答：「你幹嘛犧牲？如果他不愛原本的你，那有什麼意思？愛不是犧牲自

我就可以換來。要愛真實的你，這份愛才有意義，如果連自我都沒有了，你還要這個愛做什麼？」

我常常看著餐桌上的兩盤菜，覺得很感恩，能夠互相尊重的伴侶，並不容易，而阿逑卻是打心裡認同我。唯有她喜歡上真正的我，我才能夠放鬆、快樂，帶給她更多愛。

我常開玩笑說我是「好太太」，正確的說法應該是：「我是個快樂的好太太。」阿逑並不會強迫我改變，我可以在自己喜歡的事情上盡情發揮，讓我們都感到快樂、自由。好太太不用委曲求全，她只需要被愛、被尊重。

2013.07.27

舉手表決

當初回台北時非常匆促，花蓮家都沒有好好處理，以為每個月都可以回去小住，房子繼續租，東西也都擱著。為了花蓮的房子，台北房租的設定就不能太高，否則壓力太大。

哪知道阿逑生病後，我們搬到大安森林公園旁，房租貴了一倍，生活花費也變多了，這下再也不能浪漫地留住花蓮的家，非處理不可。趁著週末，我們趕回花蓮整理，順便見見老朋友。

推開花蓮家，悠哉、緩慢的回憶都回來了。餐櫃上的月曆，還停留在三月。我在台北公司的員工編號0318，就是以到職日來標示。

台北開始的那天，花蓮的一切都停滯了。

慢慢走回三樓，真的像剛出門遛遛就回家，衣服還攤在床上、讀到一半的史明口述史也躺在書架上、浴巾一粉一藍歪歪地披在浴室、連牙刷牙膏都好好地躺著。馬桶架子上隨手一拿竟然是《遠方的鼓聲》，那是蹲馬桶的好伴侶，好像我早上才讀到村上春樹決定搬到希臘，晚上睡前就接著讀起米克諾斯的小房子，也就一早一晚的事情而已。

本來以為，台北家的東西那麼少都夠用，花蓮家的都可以扔了。但走到客房，打開衣櫃看著滿滿的床單、浴巾、鋪布，我才突然看見，我在台北太忙碌了，忙碌到忘記三月以前的自己，幸好我的餐櫃、衣櫃，好好地幫我把那些日子收好。

我想打包一些杯子、盤子、床單上台北，把花蓮的生活延續到台北，把日常好好地接起來。

我在家裡走上走下，小狗也跟上跟下，哪怕家裡有六十坪大，她還是黏得這麼緊，是我腳邊的小影子。不過小狗突然消失了一下，原來是靜悄悄地跑到三樓陽台看星星。小狗狗，這是你第一次洗澡的陽台，你還記得嗎？你以前每天早上都要跑到這裡看小鳥、吠郵差啊，你還記得嗎？小狗也在多愁善感嗎？

回花蓮當然要跟朋友們碰面。老朋友們訂了好好吃的素菜餐廳，十幾個人圍著桌子笑笑鬧鬧。當然，他們預謀的不只如此，大家都知道阿逑考慮不要開刀，於是嚷著：「投票啦！贊成阿逑開刀的人舉手？」結果全桌都舉手！

阿逑當然知道大家的心意，呵呵傻笑：「你們不用忙了啦，小貓一票抵全部，她要我開刀，我就會乖乖去開。朋友不理我沒關係，小貓不理我，我就完蛋了。」什麼時候變得這麼聽話，我都不知道呢！

吃飽飯後，阿逑去罕見疾病基金會演講，我則去璞石咖啡館見其他朋友。很久不見的素玲一看到我，眼眶就紅了，我也苦笑著流淚。獨居花蓮時，我跟素玲常常作伴吃飯，她了解我的粗手粗腳、漫不經心，更明白我回到台北後的疲倦無助。

我們在窗邊說話，窗外是美麗的黃連木，我常常躺在咖啡館的沙發睡午覺，睡醒，瞇眼看著光在細細葉子間晃動。花蓮對我的意義就是如此，人迷迷糊糊，心也濛濛的，不用想人間煩事，只要感受風啊樹啊的美好，這樣就夠了。

就把迷糊暫時寄放在花蓮吧，總有一天，我要把它一起帶上台北，讓小貓成為真正的小貓。

2013.07.30

住院前的打包

經過許多曲折，阿逑決定開刀，手術後再用中醫調理。拖著拖著，也到了住院前一晚。

我傍晚匆匆下班趕回家，有好多事要做，得把家整理乾淨，垃圾丟光，從醫院回來時才會清爽舒服；把小狗的行李打包好，送去狗教練家；把阿逑的行李打包好，未來三天要住在陌生的醫院。

事多心慌，我決定把所有雜事放下，好好煮一頓晚餐。做了清蒸鱈魚、燉冬瓜、牛蒡雞湯、涼拌小黃瓜。飲料是葡萄醋。

阿逑吃飽後，休息一下就去做ＳＰＡ，說要好好跟乳房道別，兩天後，她柔軟的左乳房將永遠離開，只剩下一道疤痕。

她出門後，我決定來列住院打包「清單」。我很健忘，凡事都必須列表檢查，以免遺漏，住院這種大事更要仔細：

一、和信的檢查單與同意書們。——仔細核對時間，確認明天要做核子攝影、會麻醉科，以及辦理住院等種種事項與時間。護理師交代，千萬不能遲到。

二、中藥。⑴水藥。⑵粉藥。——開刀前阿逑才看了中醫，吃很強的水藥。中醫師交代，藥必須吃到禁食那一刻為止；可以吃東西後，就開始服用中藥。為了怕我們在醫院麻煩，醫生還準備了粉藥，我也燉了一小罐水藥帶著。

三、衣物。襯衫×2。睡褲×2。襪子×4。長袖×2。披肩×1。小抱枕。——住院開刀過的朋友一再叮嚀小抱枕很重要，阿逑開完刀才能舒服地靠著。

四、香氛燈。薰衣草精油。——我無法忍受病房有消毒水的味道，房間香香的，人才能放鬆。

五、小娃娃。——我的。我也會害怕的吧！總要有些什麼是我用的。

六、小被子。——我的。據說我只能睡小躺椅。

七、盥洗用品與阿原抹草肥皂。——住醫院，還是用抹草肥皂比較安心。聽說阿原肥皂都是聽佛經的。

八、心靈慰藉品。佛經×1。大悲水×1。——放床頭，神佛會保佑我們。

九、電熱水壺。杯子×4。盤子×2。湯匙×1。筷子×2。——用家裡的盤子比較好看，可以好好吃飯。

十、書們，電腦們。小檯燈。充電器們。——趕稿用。嗚。

十一、茶包+咖啡。——提神用。嗚。

清單列完，阿逑也回來了。催促她洗澡睡覺後，我才進行打包工程。我準備了兩大包行李，阿逑看到一定覺得我太誇張，不過是住院三天哪！正因為是住院，才更要舒服，不能倘促、將就！

我這個人沒什麼本事，就是喜歡生活得舒舒服服，無論到哪，都可以弄出一個家。光這點，就能算是好太太了吧？

2013.07.31-1

已經不是哭著回去找媽媽的年紀了

終於到了開刀日。臨出門前，決定開休旅車到醫院，阿逑出院時坐大車比較舒服。因為我今天要奔波很多地方，阿逑則是到了醫院就可以休息，所以由她開車。

我千估萬算，卻忘了這是阿逑的非常時期，她根本大當機，從裡到外全被手術嚇壞。車子才開到第一個路口就車禍，她開到對向車道，撞上一台機車！雖然車速非常慢，對方的機車還是損傷了。我連忙下車查看情況，不停道歉。

阿逑竟然在這一秒當機了……

機車騎士是名四十來歲的中年男子，幸好人沒事，算是小擦撞。我們畢竟剛發動，車速非常非常慢，反倒是他衝得很快，我們的車頭損傷還比較嚴重。但我們就是在對向車道，無可抵賴，也不想抵賴，該賠就賠。

幸好我自知開車毛躁，咬牙也要把保險買高一點。我馬上道歉：「真抱歉！請放心，我有買保險，會負責把你的車修好。」保險理賠需要做筆錄，我馬上打電話報警，也打電話給保險公司，請他們派專員來現場。

這頭事情處理好，還得趕快打給醫院的核子部門，告訴他們檢查會遲到，護理師前幾天才叮嚀，這項檢查一定要準時，誰料得到會出車禍。

阿逑還在當機。

這個可惡的臭男人，看我們兩個女生好欺負，開始裝腰痛，說什麼撞到的那一瞬間害他舊傷復發。我可是女性主義者，生平最痛恨男人欺負女人，你想占便宜的話，可是搞錯對象了！更別說我跑新聞十幾年，壞人見多了！你明明人好好的，有力氣對我大小聲，還敢要我薪資賠償？

我馬上轉身打電話給律師朋友，問她該如何應對？律師朋友知道我的個性暴衝，在電話那頭大喊：「不要回應他任何要求、不要有任何承諾、不要跟他說話，更不要跟他吵架，乖乖等保險專員來！」我本來打算大吵一架，想想算了，跟這種只會欺負女人的男人有什麼好吵？

阿逑當機得非常嚴重。

二十分鐘後，警察來了、保險專員也來了，我把一切交給保險專員處理，並且私下說對方想敲竹槓，請他小心。保險專員請我們安心離開，他會處理好，我第一次覺得貴死人的保險費很值得！

拖吊車也來把我的愛車拖走了，它撞得比機車嚴重，保險桿壞了、水箱破了，其他看不見的地方應該也損失慘重。雖然這陣子對錢看得很開，但是一想到接下來修車的費用，心還是好痛！

阿逑還在路邊當機。

我很快速地把事情處理完畢，回家換了阿逑的車，把當機的她放在副駕駛座、堆在路邊的行李也安頓好，狂飆到醫院，今天有很多很多檢查，一樣也不能少！

到醫院後急忙衝到診間，因為是開刀前的會診，所以主刀醫師、個案管理師、醫師祕書全都來了，非常慎重。

我們對開刀還是有很多疑問，阿逑更是，偏偏她個性溫良恭儉讓，又在當機中，什麼也不敢問。我反正沒在怕，我女人的乳房都要被切除了，還有什麼好害羞，我把乳房重建的必要、中醫治療的延續與經絡切斷的疑慮，一股腦都問了。

醫療團隊的臉色越來越難看，我盡量委婉，但我不能不問，我是她的太太，我有權利，也有責任，必須了解全部的狀況。感謝我們碰到好醫生，雖然我看得出來他有一點點不開心，卻還是耐著性子，回答所有的問題，還答應重新驗血，以策安全。

會診結束後，我抓著滿手的表格，在走廊上指揮作戰。阿逑得自己去驗血、做核子檢查；我去批價、跑流程。

如果可以，我也很希望能夠陪她去做所有檢查，但人生很多時候只能自己面對。阿逑還在當機，我只能把她的開關轉緊一些，這些檢查都不會痛，自己去，做完了就可以休息。

最後，我實在不忍心，還是陪她走一小段路，送她去核子檢查室。小小道別後，我轉身衝去批價，經過窗邊時，卻停下腳步，看著窗外悠悠白雲，心思都抽空了。好瘋狂的早上，膽顫心驚出門、發生車禍，又跟醫師討論了許久。明天終於要把阿逑送進手術室。這一路好漫長。

阿逑生病後，我好像一瞬間抽大了。

已經不是可以哭著回家找媽媽的年紀，很多事情要學會承擔。以前總是阿逑呵護我，現在換我來照顧她。她呆了，我就能幹些。她當機，我就勇敢些。

回想起早上發生的一切，從車禍、吵架，到醫院會診，我幹練得不像以前的我。啊，已經不是可以哭著回家找媽媽的年紀了。什麼時候走到這裡的？

從阿逑初診斷以來我就跟自己說：「你不可以軟弱喔，因為你要讓阿逑依靠。」原來，苦難不會把人擊倒，只會讓人堅強。

我哭了一下，擦乾眼淚，繼續往前衝。

2013.07.31-2

一起老，一起學

進病房囉！阿逑好整以暇躺著，手上吊了點滴，我這個好太太則忙著布置。精油點上，氣氛馬上變了；肥皂毛巾放好，就像住飯店一樣；佛經放床頭，神佛會眷顧我們；小娃娃則放枕邊，笑咪咪地陪著我。

「我覺得早上的車禍是個痛劫，把我們的痛運撞跑了。」阿逑突然回神，當機好了！

「你的意思是，那雖然是一件倒楣的事情，卻化掉了更倒楣的大事？」

「對！幫我們化掉一些厄運！」

「喔——那真是太謝謝那位中年機車男了！」我跟阿逑都笑了！

能笑就好！她終於恢復成正常的阿逑了。阿逑，你不要一直當機，我不習慣，真的很孤單啊！

接下來的幾個小時，我跟阿逑都沒事，她午睡，我安靜地做代課簡報，晚上要去幫阿逑代班上寫作課。香精燈呼呼呼地噴出薰衣草香味，聞著很鎮定。

晚上的課在學學文創，主題是「寫作之路——從心到指尖的漫漫長路」。整理簡報時，突然看見以前寫過的一段話。

那時候我們還住在花蓮，陪伴余德慧教授度過生命最後的階段，我們天天陪他的妻子顧瑜君吃飯。那段日子我常常在想，人活著到底為什麼？生命的真相又是什麼？余教授往生後，我寫下一段話，今天讀了格外觸動：

人總是會被逼著長大，不管你願不願意。
生命的真相是：我們出生、長大、老去，然後死亡。
沒有什麼無憂的人生。

最美好的人生是，
我們在遠離自我的彎路跌倒，
然後學會好好走路，學會靠近自己。

人生，也沒有什麼奧祕不可言。
我們在一次次的小挫敗中，站起來，
繼續往前過日子。
慢慢得到智慧，然後老去。

阿逑與我都在這次的生病中，學會許多事情，我學會堅強，她學會照顧自己。人活這一遭不為別的，就是為了學會道理，學成圓滿，就可以走了。那些關於愛啊、人生啊的課題，我跟阿逑會一起學，一起老。

陪阿逑吃完簡單的晚餐後，我就趕去學學文創上課。下課後，我獨自開車穿過黑暗河堤，想著從初診斷到現在，從西醫走到中醫，最後又繞回西醫，我曾經很焦慮，認為我們一直在繞路，今天晚上我卻明白，原來我們不是白白繞路，而是透過這些徬徨，看見我們有多麼不安與害怕。

尋常日子，很難感受到「害怕」，唯有大事臨頭，才會感受到從心裡深處瀰漫的恐懼，如黑霧籠罩，逃無可逃。幸好，我跟阿述不是孤零零在黑霧裡，我們是手牽著手，一起走過來的。

愛不是憑空而降，隨便就能要到，過去的十三年，我們經歷爭吵、試著要分手，卻還能繼續在一起，需要多少幸運？

回到醫院，阿述躺著休息，我張羅阿述吃點路上買的粥，她吃飽後，很快就沉沉睡去。小小病房裡放著很輕柔的音樂，我窩在陪伴床上就著小燈寫稿。

能夠陪伴她，我覺得很幸福，希望阿述也覺得很幸福。

2013.08.01

開刀日

清晨六點多，護理師輕輕把阿迷叫醒，要先打點滴。開刀用的點滴針頭比較粗，護理師很溫柔地說：「會很痛喔！很痛喔！忍耐一下！」

阿迷怕痛，我緊緊握著她的手，哄她：「不會痛的啦！一下下就過去了喔！」阿迷的臉皺成一團，我也嚇得胡亂唱歌，轉移注意力，想幫她把痛蓋過去。其實我是在安慰自己啊。

護理師走後，時間還很早，我上網找了冥想音樂，先聽一段如何愛自己的英文冥想，再來一段森林小鳥唱歌，阿迷聽著聽著又睡著了，她這幾天不斷在對抗恐懼，很耗能量，能睡就多睡吧。我卻怎麼也無法入睡，拿出電腦繼續工作。

兩個小時後，護理師又來了，原本下午一點的手術，提前改到上午十一點，阿述緊張到血壓飆高，護士只好讓她休息一下，我當然就要負責耍寶，誇張地比手畫腳說：「哪有那——摸恐怖！」「拜託喔！沒在怕好不好！」

耍寶對於要進開刀房的人沒什麼用，總之，該來的還是要來，血壓高還是得推進去。「開完刀，癌症就沒有了喔！」我笑著鼓勵阿述：「不要怕，你是好人耶，諸佛菩薩都會保護你的！」

阿述的姑姑、大妹也都來了，陪我守在手術室外。我不知道原來我這麼害怕，手術室只在幾步之遙，我卻覺得她離我好遠，我知道這只是個小手術，我們遇到一個好醫師，一切也都有完整的準備，我還是好害怕，不停自我安慰：「阿述是個寬厚的好人，諸佛菩薩一定會保佑她。」

我好害怕，我好想進去陪她。我一直盯著手術室外的電視，看見阿述進麻醉室了，阿述在手術了。

我已經不在乎開刀的結果到底如何，癌細胞竄得多遠。我顧不了那麼遠以後的事情，我只盼望阿逑手術平安，好好地回到我身邊。

我焦慮到坐不住，一直站起來轉圈圈，不停在臉書群組更新狀況。好朋友們給我很多安慰，有的分享經驗，叮嚀我醫生會給我看切除的組織，要有心理準備，那會是一生的陰影；有的告訴我要深呼吸，把一切交給上天；也有人陪我罵幹，好紓壓！

等了好久好久好久，電視螢幕終於顯示阿逑被送到恢復室，那表示手術平安順利地完成。又過一下，終於推出來了。

護理師呼喊「莊阿逑的家屬」時，我顧不得她家人也在場，馬上飛奔到她身邊，衝著她傻笑。能夠看到阿逑，摸摸她的手，真是太好了。

推回病房後，她終於可以換衣服、擦擦身體，舒舒服服躺著。由於我們選擇自費的新型麻醉法，手術時不用插管，所以不用禁食禁水，如果沒有特殊狀況，打完一包點滴就能拆除軟針。

醫生巡房時更帶來好消息，手術只切除少部分淋巴，癌細胞沒有亂跑、沒有感染，可以安心。

真是太好了！阿逑，大家都很努力要讓你健康起來，剩下來就要靠你自己努力！

我一放鬆，倒頭睡死在小陪病床。勉強起來招呼一下探病的人，又倒頭睡著，這回還是倒在阿逑的病床上。阿逑也很放鬆，看著我這樣，忍不住笑了。晚上阿逑甚至可以站起來，走到躺椅上坐一會兒，我們還拍照片傳給朋友，請大家安心。

深夜，探病的家人與朋友都走了，剩下我跟阿逑。

「病灶切除了，開完刀了，癌症沒有了！接下來真的要開始新生活運動，好好照顧身體！你看大家都為了你很努力耶！」

「好，我會的。」

「要振奮！」

「對！要振奮！」

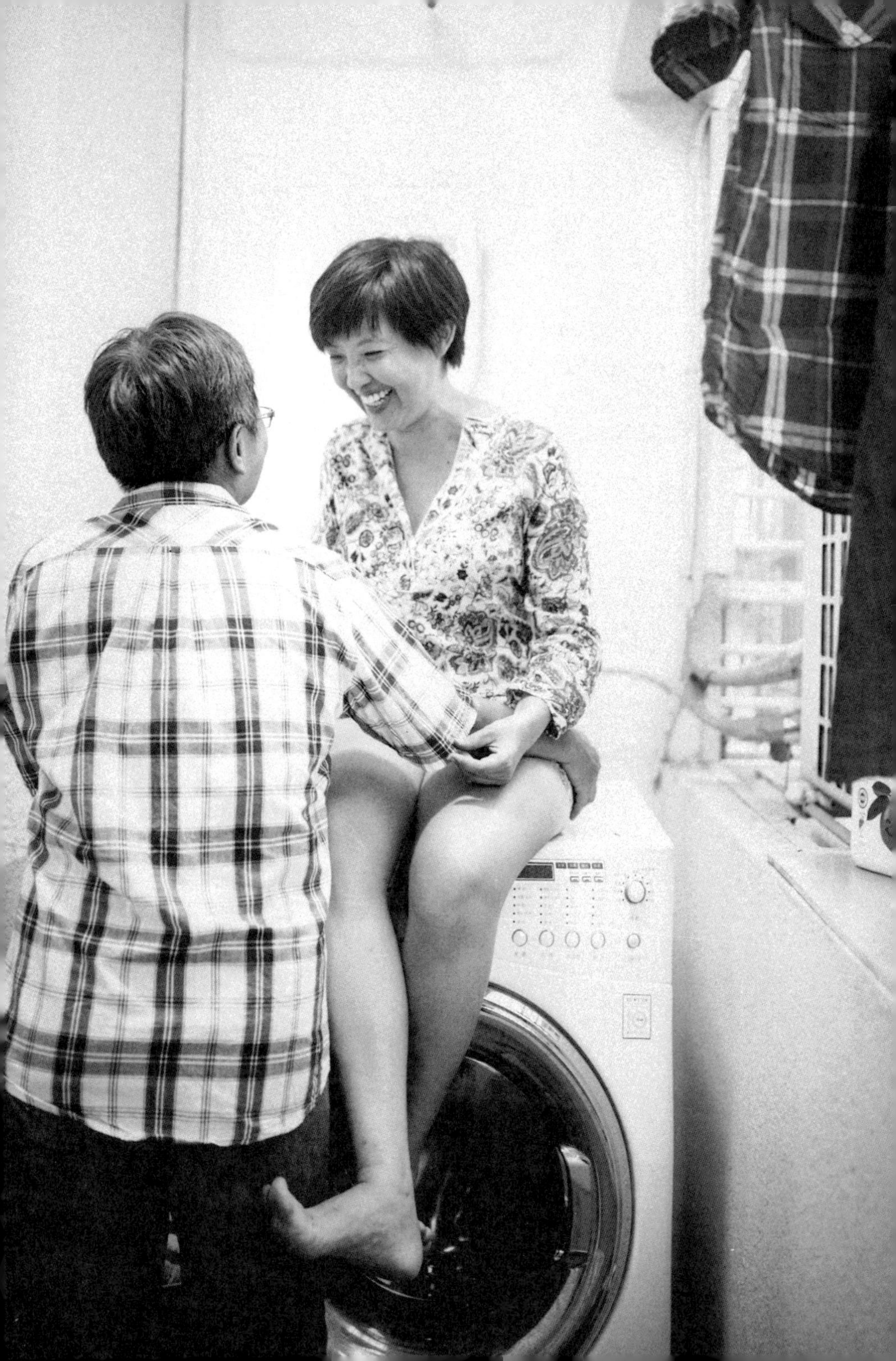

其二

術後。愛的功課如此艱難

我們以為手術之後，一切就好了。原來是我們太天真。癌症的考驗，現在才開始。

一直愛著我的阿逑，竟然為了醫療選擇而吼我。我們在一起十五年，她從來沒有對我大聲，卻在這時候吼我。

「你不要再給我壓力！我要的是支持，不是負面情緒，不要逼我！」

「我不是逼你，我是害怕！」說完，我嚎啕大哭。

我不知道別的伴侶是如何度過癌症考驗，他們總是很快達成共識嗎？萬一意見不合怎麼辦？萬一很害怕怎麼辦？萬一兩個人想去的方向不一樣怎麼辦？

明明手術後醫生說沒有感染淋巴，為什麼回去看報告卻得到相反的結果？我們已經很努力了，難道還不夠嗎？

我希望阿逑乖乖做化療，甚至放療，她卻有那麼多另類的想法。我也想跟她站在同一邊啊，可是我做不到，我很害怕。我在小佛堂無聲哭泣，我不懂什麼是「人生如夢幻泡影」，人生明明就很沉重，明明就很苦。

哭完了，我抹抹眼淚，回房間幫阿逑搽藥。我盡力讓生活維持正常，盡力讓我們都過得好。

爸爸也是癌症過世的，他病了十年，我們家分崩離析，我好害怕。我怕失去阿逑，也怕我們的生活就此崩塌。

我跟阿逑真的可以撐過去嗎？

阿逑抱著我笑了：「你長大了，不再是那個受苦的小孩。我們會成為跟你父母不一樣的伴侶。」

真的嗎？我們真的可以成為不一樣的伴侶嗎？我們可以安然度過難關嗎？

愛的功課如此艱難，阿逑說：「沒關係，我們一起面對。」

2013.08.05

如常生活

終於恢復如常生活。探病的家人回去了、探病的朋友也貼心地坐坐就走，我跟阿沭又回到安安靜靜的尋常日子。

每個週末，我們都會牽小狗逛花市，家裡又插滿了花，玄關攏一束小薔薇、餐桌上放著康乃馨、佛前供著夜來香。曾經讓我慌亂的早餐，現在已經很嫻熟，到花市的農產攤位帶回一包阿伯種的地瓜、玉米，丟到鍋裡蒸熟了，再順手切顆蘋果、煮杯咖啡，輕鬆完成。

我跟阿沭過得很振奮，常互相鼓勵：「病灶切除了，不用怕！一切都往好的方向去了。好好過日子吧！」

小狗不停跟進跟出，討吃討玩。阿逑在她的書房讀書，我在我的小房間工作。到了晚餐時間，燉湯炒菜，邊吃飯邊看職棒。跟開刀前沒有兩樣。

唯一不同的是，睡前我要幫阿逑消毒引流管。剛開始她很害怕，畢竟我不是細心溫柔的人，老是粗手粗腳打翻東西。看到她害怕到閃躲，我哈哈大笑：「過來！認命吧你！這個世界上沒有第二個人可以幫你在乳房上搽藥了！」

時而安靜，時而笑鬧，就是最美好的生活。

家顧好了，我也有力氣向世界探頭，好好思考一些家庭以外的事情。我是幸運的，可以做一些時事專題，在媒體環境不好的此刻，還能夠實現一些個人的小小理想，需要有人撐著銷售量。

這段時間，混亂的事情越來越多。狂犬病不強制打疫苗，反而大撲殺；核電的危險一直不被處理，讓人民恐懼；違反公平正義原則且毫無必要的都更，拆毀民宅，逼人尋死……太多紛亂，不能袖手旁觀。

阿逑狀況穩定了，我就可以到處跑。狂犬病爆發，台灣到處傳出撲殺狗的事件，其實並不需要殺貓殺狗啊，只要為牠們打疫苗，就可以保住所有生命。我決定做狂犬病專題，到台中看被救援的小狗，全身是傷的狗趴在地下室，腐臭味卻傳到一樓，我不專業地轉身哭了。把狗放到診療台上藥時，牠會默默靠著獸醫助理撒嬌。為什麼人類要這樣虐待其他生物？

回台北後，到反核影展看著一幅又一幅核災現場的照片，曾經是福島核電廠吉祥物的鴕鳥，在核災後被野放，整座小鎮空空蕩蕩。那些巷弄如此尋常，似乎等一下就會有車子呼嘯而過，一群小學生揹著書包從巷子裡追逐到大街上。然而，核災過後，人逃跑了，只剩下鴕鳥、貓狗、牛豬留下。人，與被遺棄的動物們，生活在平行世界。

走出反核影展才發現，松菸文創今天有好幾檔活動，有輕鬆的影展、台灣文創未來的研討會、設計師講座……我沒有往那些熱鬧繽紛的地方去，卻一頭鑽進核能的世界。

看完那些讓人震撼的照片後，我一個人坐在外賣咖啡車旁，喝一杯可可，看著繽紛街燈，思考自己正在做的事情，到底有沒有意義？

哪怕是狗吠火車，我也該提起力氣吠個幾聲。

對照家裡的平靜，社會的紛亂顯得更荒謬。那些貪婪、無知，就像癌細胞，一點一點吞噬台灣。我每天都在辦公室待到天黑，讓阿述自己熱飯來吃，累到一回家就在沙發上睡死，常常忽略阿述。

在公司寫稿寫到瓶頸時，就窩在樓梯間抽菸。大學重考時，我就特別喜歡樓梯間，那裡總會有一扇窗，可以看向天空。重考生是被囚禁的青春小鳥，只能忍耐，總有一天可以自由飛翔。

沒想到進入職場後，還是不自由。每天被困死在辦公室，想透透氣，只能到樓梯間抽菸。有的樓梯間小窗可以望到後巷，我站在暗暗的窗邊，看著高樓下的人過尋常生活。也有的公司得上頂樓抽菸，靠近內湖的頂樓，看得到陽明山，還可以看到飛機起降，有個天真同事許了一個祕密願望，可愛地說：「抓到一百隻飛機，願望就會實現喔！」可惜她還沒有抓到一百隻飛機，我已經離職了。

現在的辦公室樓梯間，可以看到整座城市公園，高架橋劃過公園的邊界。每到深夜，看著高架橋上的筆直黃燈，都想像那是為外星飛碟準備的引道，就在我們低頭時，飛碟降落，外星人來了。如果我可以變成外星人就好了，就有超能力可以打敗邪惡勢力。

落回現實，坐到電腦前我就開始發呆，想著：「為什麼要花這麼多力氣做專題？為什麼不讓工作輕巧一些？我根本不是無敵超人，我唯一的武器只有一篇又一篇的文章，但是能改變多少呢？」

可是我停不下來，很多事，一定要堅持做下去。

也許是因為愛吧。我天生無敵樂觀又超級有正義感，我熱愛生我養我的土地。核災爆發時、小貓小狗被屠殺時、人們失去房舍時，我不願我是噤聲不語的那個人。

我希望我過好日子，大家都過好日子；我希望墨小狗安心地趴在我腳邊撒嬌時，浪貓浪狗也能有安穩睡覺的角落。就這麼簡單而已。

我希望，當我們家過著如常幸福的日子時，家家戶戶也都一樣，如常地寧靜、安心。

2013.08.09

可以不要再振奮了嗎？

今天工作上有一場硬仗要打，約了一整支拔河隊拍照、採訪，偏偏阿逑要回和信複診，只好請朋友陪她去，我實在很怕她又當機。

阿逑昨天微微發燒，我很牽掛引流管的狀況，卻忘了回診的主要目的是看術後的檢查報告。畢竟醫生術後巡房時，告訴我們狀況不錯，我們就高高興興地認定：「開完刀，癌症就沒有了！」

世界並不像傻瓜想的那麼容易。

採訪結束後，我急忙打給阿逑，很擔心傷口萬一感染，又得住院。沒想到傷口癒合得不錯，檢查報告卻出問題了。前哨淋巴經過很精細的檢查，驗出〇．〇三公分的癌細胞；切除的乳房組織也有〇．九×〇．八公分的侵略性癌細胞。雖然範圍不大，卻因為淋巴感染，硬生生把阿逑癌症的級數往上提高。

怎麼會這樣呢？開刀那天明明是說切除兩三個淋巴，到今天才知道多切了九個，而且當時醫生就發現淋巴有些腫大，我們兩個不知情的傻瓜，還天真地以為：「開完刀，癌症就沒有了喔！」

迎面而來的可是化學治療與放射治療！怎麼會這樣！真是太過分了！我們很努力啊！非常努力啊！

我拜託朋友務必把阿逑送回家，又匆匆趕回辦公室。辦公室的人事鬥爭正劇烈，到底有什麼好鬥呢？我看著檯面上下的一來一往，感到憤怒。大家快快樂樂來上班，歡歡喜喜把錢賺回家，平平安安過日子，不是很好嗎？那些小小的意氣用事多麼無謂。生命是很珍貴的，為什麼要浪費在鬥爭上？應該要拿去相愛才對啊。

看完稿已經過了晚餐時間。回到家，打開家門，一室漆黑，阿逑躺在黑黑的房間聽脈輪淨化的CD，直說頭痛。我問她是真的頭痛，還是煩到頭痛？是身體的還是心理的？她說她不知道，就是頭痛。

我熱了雞湯，逼阿述喝點熱湯。阿述喝完後，快哭出來地說：「我好沮喪，可以趴下來嗎？」

「當然可以！今天是沮喪日，可以沮喪！誰說天天都要振奮？」癌症是長期抗戰，一定會遇有低潮，不要逼自己天天積極正向，那太勉強。

難過時，就好好地跟難過在一起，想哭就哭，沒關係的。

2013.08.10

想哭就哭，也沒有什麼

這幾天把「想哭就哭」發揮到極致。睡覺時抱著阿逑哭就算了，連吃飯時拿起衛生紙要擦嘴，都莫名其妙變成擦眼淚。

今天自己一個人到景美辦事，乾脆去吃料好實在的壽司。點了松葉蟹、干貝、胭脂蝦、魚肝軍艦……壽司上來時，我又差點哭了。我好需要被療癒，好需要大吃一頓，我好累。我不想再振奮。

大概是我表情太怪，壽司師父一直盯著我，我只好把眼淚吞回去，然後真心誠意地跟胖嘟嘟胭脂蝦說：「你長得太美麗了，謝謝你，我要把你吃掉了！」

2013.08.12

吵架

終於，我們還是為了治療方式大吵一架。

究竟別的伴侶都怎麼面對癌症？怎麼面對治療的選擇？他們可以簡單地達成共識嗎？不會有歧見嗎？萬一彼此想法對立，該怎麼辦？

伴侶，就真的可以很簡單地站在同一邊嗎？為什麼我覺得要站在同一邊好困難？

在一起十幾年，阿逑總是讓著我。她脾氣好，心也很軟，不管我怎麼胡鬧，她都會順著我。從確診、開刀，到現在，我們只有為了是否要做自然療法吵過一次，嚴格來說，那次阿逑並沒有跟我「吵架」，而是我發了一頓脾氣。

今天卻有來有往，她竟然吼我！十三年來，她吼我的次數不超過五次，今天竟然吼我！一切都是因為該死的化療。

檢查報告出爐後，我們就一直陷入低氣壓，阿逑不斷找尋新資料與諮詢，除了中醫老師的鼓勵外，她也上網做很多研究，越來越傾向不做化療。

我卻很難理解為什麼她不跟大家走同一條路，乳癌並不難治癒，只要乖乖開刀、忍受化療，痊癒的比例很高，為什麼不呢？阿逑喜歡溫和的方法，喜歡慢慢來；偏偏我是急驚風，倘若是我得乳癌，一定很乾脆地早早開刀、化療，走完全部療程。

記得確診當天，阿逑心煩意亂打開電視，正好看到比莉得癌症的經過，比莉說自己一發現罹癌，就決定不要做化療，她的女兒非常支持她：「不要化療沒關係，無論你做什麼決定，我都挺你。」

阿逑竟然把這個電視節目當成一個徵兆，說她會在這樣的時刻看到不化療，一定是上天在暗示她，她打算用這個說服她的家人，也說服我。拜託喔！老天爺哪會一天到晚給人家暗示？這就是個電視節目而已！

我做不到全力相挺！就算淋巴的感染只有〇．〇三公分，那還是感染，還是有可能釀

成大禍，我不敢賭。我沒辦法！

但我也不敢直捅蜂窩，逼她去化療。阿逑平日溫和，固執起來卻很可怕。我只敢半開玩笑說：「你應該知道我的態度吧？」

阿逑一臉不屑：「反正一定跟我相反啊！」

這句話深深刺傷了我。難道不能同一邊？為什麼我只能在對面？我有努力走過去啊，不然你也可以站過來啊，你站過來，我們就是同一邊了，不是嗎？

總之，這回我不會輕易放過阿逑！我一定要堅持！阿逑蹲馬桶時，我忍不住拉張小板凳坐在廁所門口跟她閒聊。

「欸，我那天聽說某某某也是乳癌耶，化療做完就沒事了。」

「喔。」阿逑不太想理我。

「欸呀，忍一忍就沒事了喔，多乾脆！」

「……」阿逑沉默。

「大家都這樣做，有什麼好怕的啊！就忍耐啊！可以用比較保險、傳統的方法治療不是很好嗎？」我越講越激動，聲音越來越大。

「你這樣給我很多負面能量跟壓力！你的建議都有壓迫性！」阿逑也忍不住大聲了。連小狗都跑過來焦慮地繞著我們轉圈圈。

「什麼叫做我給你負面能量！難道跟你意見相反就叫負面能量嗎！」我快爆炸了！最痛恨這種鬼話！意見不一樣難道不行嗎？什麼叫做壓迫？詭辯！我才是被壓迫的吧！

「我知道你是關心我，但是……」

「我不是關心你，我是害怕……」阿逑還沒說完，我就突然大哭：「我很害怕啦。」我嚎啕大哭。原來，我是太害怕了。

「唉唷！我跟你說，像我這樣土星在第四宮的人，命都很長喔！真的！」阿逑竟然笑出來了。

我不理她，獨自跑去小佛堂無聲地哭，眼淚啪嗒啪嗒掉在地板上。只有小狗陪我。

原來我這麼害怕。

我一直告訴自己跟阿逑：乳癌治癒率很高，沒什麼好怕；我們要振奮，沒什麼好怕；不要大驚小怪，沒什麼好怕。

其實我一直很害怕。

我淚眼迷濛看著眼前的小佛像，這一尊佛已經陪我們十三年，無論搬到哪裡，都帶著祂，就像是我們專屬的守護者。小佛像旁擺著金剛經偈：「一切有為法／如夢幻泡影／如露亦如電／應作如是觀。」我看不懂，真的不懂。

我也不懂，我們才搬回台北四個月，為什麼就發生這麼多事？明明不久以前，我們還在花蓮晃蕩，還在盤算著各種人生計畫，為什麼癌症劈頭就來？

我更不懂的是，我要怎麼跟阿逑站在同一邊？我們是很不一樣的人，我射手，她金牛，一快一慢。遇到事情我像箭一樣衝出去，都已經飛得很遠了，她還在原地思考如何圓融？如何起步？我們的速差至少十倍以上。

很多年前，我們差一點分手。我實在受不了這種生活與思考上的速差，氣得跳腳大罵，幾乎要離家出走，阿逑卻一直沉默，直到我炸裂完，她才流淚說：「原來分手對你來說這麼輕易？」那一瞬間，我才突然發現我們的差異。

慢慢地，我終於學會：「所謂相愛，就是包容跟你不一樣的人，不是忍耐她的慢，而是接受她的慢。」我們的關係在那次的分手事件後，又更深刻了些。

生活上細碎的瑣事，互相包容也就算了，這種生死大事要怎麼包容？

我想不通，只好盤腿念佛號，希望心念可以靜下來。淚眼看經文，人生真的像夢幻泡影嗎？那是什麼意思呢？我明明就每一天都很辛苦，一點也不輕盈虛幻啊。

我跟阿逑的歧異，真的可以因為愛而跨越嗎？

我聽到阿逑洗完澡的聲音，她拉浴簾走出浴缸，差不多穿好衣服了。我抹抹眼淚，走出佛堂，把手洗乾淨，走回臥室幫她換紗布，在她過敏泛紅的地方，輕輕搽上痱子膏。

直到睡前，我們都不再說話。我很傷心。

我們真的可以站在同一邊嗎？

2013.08.13

陰影

在小佛堂大哭後，我一直在想：「我為什麼這麼害怕？」最後，想到死去的爸爸。

爸爸在五十幾歲的時候得了肺癌，當時，他正準備升上校，意氣風發，厄運卻突然臨頭。他持續發燒一個月，住院檢查後才發現是肺癌，他切除了三分之一肺葉，被迫以二等殘退伍。那一年，我才小學六年級。

我永遠記得到三軍總醫院探望爸爸時，他全身插滿管子，打血的機器轟轟作響，爸爸很虛弱地躺著。我差點就成了沒有爸爸的小孩。

沒想到爸爸回家後，日子更難過、更苦。爸爸病了十年，那是無論如何都不願回想的十年。爸爸媽媽感情本來就不好，本來已經決定要離婚，爸爸卻病了，媽媽是很有義氣的女人，她不會拋下得癌症的丈夫，她決定留下。

媽媽、爸爸都回來了，家裡的日子卻沒有更好。經濟困頓還可以解決，媽媽經營美髮院、當大家樂組頭，很有肩膀地撐起家庭的花費，我們從來不感覺窮困。感情上的折磨才痛苦，本來就壞脾氣的爸爸，生病後更暴躁，摔東西、打小孩是家常便飯，他太痛苦，甚至痛苦到自殺了好幾次。

本來帥氣挺拔的他，因為癌細胞轉移，侵蝕了他的神經系統與骨骼，所以他雙腳漸漸萎縮，不得不撐拐杖。有一次，他在一家公立醫院被欺負，回家後在地上打滾痛哭，哀號不如死了算了，為什麼要被欺負！

「死了算了！為什麼大家都要欺負我！」這是多麼心痛的控訴。

「誰欺負你，我就去找他算帳！不要哭了喔！心疼喔！不要哭了！」媽媽跪在他身邊，溫柔地安撫他。

癌症不只摧毀爸爸的身體，也摧毀他的意志、尊嚴，更把他的人生徹底毀滅。

我已經十幾年沒有想起爸爸生病的事，那些回憶太痛苦，我打包好，埋在很深很深的洞穴裡。阿述生病後，這些黑暗記憶像鬼一樣，全部跑出來嚇我。

爸爸跟阿述在相近的年紀罹癌，會不會有相同的命運？我跟阿述的家還可以如往常幸福嗎？

我們家會不會變得破碎？

我把我的擔憂全部告訴阿述，我好怕癌症轉移到骨頭；我好怕她病了之後，我們的家庭會崩裂；我好怕她會變成可怕的阿述，一天到晚發脾氣……

我變成童年那個充滿恐懼的小孩。

未來的擔子是什麼？我真的可以承擔嗎？我已經足夠勇敢了嗎？

我哭著跟阿述說：「我好害怕。」

阿述抱抱我，笑罵：「神經啊！你已經長大，不是那個小孩了。」

是了，我很努力地長大了，那些痛苦可怕的回憶，都已經過去。

我長大了，在我身邊的是好脾氣的阿述，不是暴躁痛苦的爸爸。

我們一定可以成為跟父母不一樣的伴侶。

2013.08.14

海鳥來了

無論怎麼決定，都還是要回到和信聽後續的治療意見。有些事情是無可逃避的。

我們整天都在和信醫院。早上會見化療醫師，下午會見放射治療醫師、主刀醫師、營養師。

阿沭為了這一天做足準備。除了諮詢中醫之外，還諮詢相關領域的病友，她傾向不做化療，但還是要有更多數據才能判斷。

化療醫師看了阿沭的報告後說，實際上腫瘤真的不大，淋巴的感染也很小，不過仍建議做預防性化療，總共八次，一次三週。醫師也說明化療藥物的副作用，包括嘔吐、掉髮、膚色變黑、百分之一心臟不適、萬分之一血癌的機率等等。

醫師還建議要服用抗荷爾蒙的藥物，副作用則是容易造成子宮肌瘤增生，引發子宮肌內膜癌。我看著醫生列出的一長串副作用，治療了乳癌，卻增加別的癌症與疾病的機率？我當然知道醫生的治療是建立在「機率」上，可是聽到那些副作用之後，我竟然沒禮貌地笑出來。我心裡其實是很苦的，苦到谷底，就會忍不住想哭又想笑啊。

最後醫生總結阿逑的復發率是百分之十到十五，做了預防性化學治療後，復發率會降低三分之一。也就是說，阿逑忍受了這麼多副作用帶來的痛苦，與潛藏病因後，還是只能減少一些復發機率？

走出診間，已經中午，下午還要會放療師、營養師，看來又是一場硬仗。我跟阿逑決定到附近的水鳥餐廳吃飯，那是一間很舒服的歐式餐廳，有好好吃的Tapas，我們需要好好地放鬆。

我豪爽地點了滿桌好菜跟啤酒，好好溝通彼此對化療的想法。經過一個早上的會診，我也更了解阿逑為什麼抗拒。

「不化療不表示不治療，我只是想找找看有沒有別的治療方法。」阿逑說。

「好，那你一定要養生喔！要早睡早起喔！不管怎樣，我一定會照顧你，請你也要努力，讓我知道盡頭在哪裡。」說完，我又哭了一把，真的非常愛哭。哭完，我竟然累得睡著了。

阿逑一個人看著窗外。她在想什麼？

結帳時，阿逑好奇問服務生：「真的看得到水鳥嗎？」服務生說要碰運氣。

走出餐廳，望向淡水河，好多水鳥成雙成對地飛來了。好美。

天使來了嗎？

好日子來了嗎？

2013.08.26

當機後的重整

不知道別的癌症患者要回到日常生活，需要多久時間？阿逑好像有點慢。沒關係，慢慢來，我們有的是時間。

答應要好好養生的阿逑終於乖乖早睡、吃藥、復健。甚至，她又恢復做家事啦！反正手要復健，要練習抬高，那就正好掃地、洗衣服、洗碗囉。我終於可以輕鬆了。

暖機的阿逑鬧了很多笑話，正經八百的她也會有出包的時候，我對此毫無同情心。

前兩天因為太忙碌，叮嚀阿逑自己去買一個燉藥壺，我下班再幫她燉藥。我心裡想的是「藥壺」，是「啞巴媳婦」，她卻買了一個很漂亮的電子燉鍋回來。

我不安地看著燉鍋：「這個可以燉藥嗎？」

阿逑也有些不確定：「試試看吧，燉湯跟燉藥應該一樣吧？」

結果我們放兩碗水，不停跑去看，水一滴都沒少。天哪！不是說要兩碗燉成一碗！兩小時後，我跟阿逑盯著燉鍋傻眼，水還是一樣高。隔天，我只好自己上網買燉藥壺，果然，兩個小時以後兩碗水就變一碗水了。

再說說裝MOD吧，以往這些事情本來就是阿逑的守備範圍，如今讓她負責也是天經地義，沒想到她連預約MOD安裝都搞不定。安裝那天，她簡直慌張到頂點。

MOD先生：「請問你的MOD（機器）在哪裡？我要安裝。」

阿逑驚慌：「啊！還放在花蓮家裡！」（那你幹嘛預約裝MOD！）

MOD先生脾氣不錯：「沒關係，我先幫你裝網路好了，請問你的網路接收器呢？」

阿逑更驚慌了：「啊！也在花蓮！」

MOD先生脾氣真好：「那……沒關係，你的無線分享器呢？」

阿逑大驚：「也在花蓮！」

MOD先生真的脾氣好到可以嫁：「呃……那，沒關係，我先幫你把電話牽好，MOD

就等你機器都準備好，我再來裝。請問你的電話機呢？」

阿逑一整個抱頭慌了：「電話機！」（她根本還沒買。）

最後MOD先生只留下電話線的線頭就走了。他人好好。

我在一旁看到都快笑昏了，有沒有這麼驚慌啦！我完全相信阿逑想要振奮的決心，只是她需要一段很長的暖機時間吧。

不過，這傢伙辦事不力，倒很會耍嘴皮子！有幾天，我有點不舒服，氣喘發作了好幾次，我很緊張地問她：「萬一換我生病，你會照顧我嗎？」

「當然會啊。」

「會像我照顧你一樣嗎？」

「會啊。」

「會像我一樣細心？」

「……你不是細心，你是熱心。」

2013.09.13

生病是身體的事，不是頭腦的事！

人跟人再相親相愛，基本性格還是無法改變，遇到大事，歧異就特別明顯，需要強力溝通。

對啦，我們又吵架了。

說也奇怪，很多人以為我跟阿逑是不吵架的。阿逑第一次聽到，簡直笑死了，她說：「我們一天吵兩百次，怎麼不吵？但是吵完一定要趕快和好，因為下一次的架很快就來了！」真是中肯推。

我們很會吵，什麼都能吵。去參觀朋友的新房子，討論起陽台該退縮多少，我們就激烈地吵起來，一個堅持退三塊磁磚，另一個堅持兩塊半，吵得屋主超級尷尬，我們繼續吵，到後來我們忍不住大笑，又不是我們的房子，有什麼好吵？

我跟阿逑真的是很互補的兩個人，也就是完全相反的意思。比如，我對知識沒有太大的熱情，最多就是採訪時為了解專題，讀幾本書，覺得很有趣，專題做完，就跳到下一件有趣的事情。對我來說，生活比知識有趣，我寧願從生活中學道理。

阿逑跟我相反，她這個人有知識障，碰到事情會很認真地「鑽研」，前幾年迷上占星，家裡就到處都是占星學的書，而且是學問很深那一種，從相位到流年、星座到希臘神話，她全部吞進去，還一天到晚跟我說凱龍星的故事、冥王星的意義……我聽過就忘，她正好可以興致勃勃講好幾遍。

看到她對占星有這麼大的熱情，我不禁燃起希望，期待她成為江湖術士，呃，不，是占星大師，這樣我的人生就不愁吃穿了！偏偏她只愛知識，不愛賺錢。不擺攤，研究占星要幹嘛？

生病後，她迷上中醫，廁所書從占星學變成中藥學，睡前讀物是《傷寒論》，我翻幾頁就放棄，她卻讀得很開心。後來甚至開始學針灸、經絡，家裡堆了一大堆藥材，出門旅行，我準備零食，她則帶好幾罐中藥備用。

她對知識的熱情讓我很佩服沒錯，但她這人基本上發達的部分也只有大腦！她學一大堆的中醫理論就安心了，身體根本沒跟上來。她知道晚上十一點以前睡覺是養生，卻天天拖到一兩點才睡；她知道身體需要很多營養，要多吃好食物，她偏偏隨便亂吃。

身為照顧者，面對不聽話的病人，真的很容易發火。因為我無法控制她的身體與行為，卻要在她把自己身體搞壞後，收拾爛攤子。

每天晚上一到十一點，我就偷偷觀察她書房的動靜，基本上，毫無動靜。到了十二點，我就坐立難安，開始催促，她老大爺卻不動如山，繼續窩在電腦前看她的醫學新知。

我總是像個老媽子，剛開始很溫和：「去睡覺喔——」「睡覺囉——」「可以去睡了吧？」「喂！該睡了吧！」「你到底要不要去睡覺?!」

光是趕她上床，就耗了一兩個小時，總是搞到兩個人怒目相向。我氣到很想撂狠話：「好啊！你繼續熬夜，我們分手可以吧！」這不是開玩笑的，伴侶生息相通，她生病，我不可能置身事外，可是我為什麼要照顧一個對自己身體不負責任的人？

另一個讓我發火的是「吃飯」。我是個愛吃鬼，每天最關心的就是吃，早上就盤算著午餐、晚餐，躺在床上就想著第二天的早餐。吃，是生命中最重要、最美好的一件事。

偏偏阿述不愛吃。每次約她去吃大餐，她總是說：「我不餓。」她還希望下輩子當小鳥，吃幾顆穀子就飽了。這是什麼鳥願望。

人不是應該吃飽飽嗎？阿述真的很奇怪，她總認為：「不餓就不用吃。」上班時她偶爾吃早餐，午餐買了隨便吃幾口，放著到晚餐繼續吃。叫她改掉這個壞習慣，她還堅持：「我不餓啊！人為什麼要照三餐吃飯？要聽身體的感覺，不餓就不用吃！」

是啦是啦，當然要聽身體的感覺，那得要對自己的身體很敏感、很愛護。可是一個不在乎身體、只在乎大腦的人，哪會知道飽餓？哪會給自己足夠的營養？

身為好太太，我為了阿述的吃食費盡心力。明明比陀螺還忙，卻會把早餐張羅好才出門。晚上回家就燉雞湯，還順手把青菜洗好弄好，上班前把雞湯裝好、青菜擺好，餓了只要熱湯丟菜就行。不只如此，冰箱裡還塞滿蘿蔔糕、水餃、包子，配雞湯都好好吃。簡直是好太太版「大餅的故事」啊，而且菜色全面豪華升級！

阿述就是有本事懶得吃！偶爾，她會乖乖熱雞湯，剩下的食物卻都冰著不動。中醫不是也說要吃飽才有元氣嗎？不是有食療嗎？為什麼她就是不愛吃呢？

這幾天要入很多稿，總是搞到很晚才回家。我餓得頭都昏了，一進門就風風火火張羅地瓜稀飯，再弄幾樣配菜，當作簡單的宵夜。我一邊吃一邊問阿逑：「你今天晚上吃什麼？」

她竟然得意地拿起一小包十穀飯說：「這個啊——很香喔！」

「就這個？沒別的？」我氣到抓狂，你以為你真的是一隻小鳥嗎？為什麼一個不用上班、專心養生的人，會搞到只吃一小把十穀飯，為什麼？到底為什麼！

我氣到臉色鐵青，一句話也不想講，我也很討厭當老媽子好不好！阿逑見我生氣，開始耍寶。沒用啦！不爽啦！滾開啦！

「莊阿逑！我最後一次警告你，生病是身體的事，不是大腦的事。中醫的知識是用來實踐的，你把整本《傷寒論》吞下去，卻不早睡早起、吃得飽飽，你的身體還是不會好！自己的身體自己顧，請你對它負責。」

我好累，你不睡不吃，到底關我屁事？請自便。我不念了，我一定要保持沉默。

隔天，我怒氣沖沖去上班，連早餐也不做。忙到中午，我的手卻莫名其妙抓起電話，莫名其妙撥了阿逑的手機，劈頭就問：「你中午吃什麼！」

「我吃地瓜稀飯、洋蔥炒番茄、炒花椰菜，很棒吧——！」阿謎竟然裝可愛。

「裝什麼可愛啊！吃飽記得洗碗喔！」我忍不住笑出來。

吵吵鬧鬧十年，這幾年，我們的架吵得少一些，特別是身邊幾位老師過世後，我們對每一天都很珍惜。人與人可以在一起的時間說來並不多，要走就走了，何苦把相愛的時間拿來吵架。

雖然是這麼說，但是我相信這個架吵完，下一個架很快又會來。她還是會繼續熬夜、不吃，我還是會繼續罵人、賭氣。

我們應該會這樣吵吵鬧鬧到老吧。這才是愛的真相。

2013.09.30

只能靠自己了

我常常在想，阿逑生病，對我的意義是什麼？我要學習的功課又是什麼？

前陣子跟阿逑去北海道旅行，回來後辦公室事情很多，偏偏另一個主管也不在，所有事情落在我頭上。我本來就討厭行政職，對於辦公室複雜的人事糾結更是束手無策，我最討厭被依靠，只想自由自在把手上的事情做好，現在搞到每天被逼著做決定，真是煩死了！

找個空檔，開溜到公司旁的天主堂走走。小時候爸爸媽媽忙，週末就把我們送去教會上主日學，高中念的也是天主教女校，所以教堂對我來說很有親切感，雖然不是教友，卻知道有神在的地方就可以安頓、依靠。

我走過小門，穿過小院子，走進黑黑的長廊，想找禮拜堂禱告，更希望碰到神父、修女，可以指引我。走廊安靜無聲，我什麼都沒遇到，又不敢往更深的地方闖，只好轉身離開。一轉身，看見剛才走過的長廊，盡頭是那扇小門，門外有光，花與樹在風中激烈地搖晃著。神在光裡嗎？

我走回小院子，沿牆坐下。沒有找到神，只能靠自己。

「只能靠自己了。」我想著這句話，恍如天啟。無論工作與人生，不都是這樣嗎？再也沒有人在我頭上頂著了。

原來，這就是我的人生新功課嗎？

從小，我就不用對任何人負責，我只要把自己照顧好就夠。我們家不有錢，至多就是吃穿不愁。父母從來不期待我有成就，只希望我開心快樂。我曾經很討厭我的名字，「欣怡」，有夠俗氣。後來我才知道，「欣」、「怡」都是快樂的意思，爸爸在我幼時的相簿題字，希望我快快樂樂長大。

當我在職業選擇上感到迷茫時，曾經回家問媽媽：「你希望我到大企業上班，當個大主管嗎？這樣你會比較驕傲，可以炫耀喔，你想要嗎？」

媽媽大笑：「神經病啊！自己的人生自己過。不要想這麼多，你開心比較重要！」

跟阿並在一起後，她也是這麼包容我，她雖然希望我多賺點錢，卻又默默承擔經濟，讓我追求夢想。

我常常嚷著要寫作，不工作了，眨眼工夫就辭職；賺到錢想吃些好的，就輕易把錢吃光。我喜歡當下的快樂，會賺錢，卻更會花錢。阿並在家裡就是大姊，幾年耍賴下來，我變成她最小的妹妹，一天到晚賴皮，阿並常警告我欠她很多錢，卻不了了之。

她現在生病，我警告自己不可以再耍賴，不可以依靠她，我要成為支柱。

前幾天幫她刮痧，才輕輕下手，她的背就瘀青，尤其是肩膀，瘀青都浮上來了。我輕輕摸著她的背，跟她說：「不要再承擔這麼多，大不了我們不要買地，不要買房子，我們好好過日子就好。我會去賺錢，你不要擔心！」

阿並跟公司請假到十月，這幾天又延了一個月。我知道她不想回去上班，她是有天分才華做其他事情的人，她也有夢想，我希望阿並可以放下經濟的擔子，好好做自己喜歡的事情。

我輕輕抱著她，脫口而出：「我會去賺錢，我會成為家庭的經濟支柱。」

我真不敢相信我這麼說！這是我人生中第一次要為別人負起責任！好可怕！

「我的人生，從此只能靠自己了！」我在教堂裡沒有找到上帝，卻得到可怕的天啟。

2013.10.11

可以不要再打針了嗎？

我還以為我已經是好太太了，誰知道，好太太之路的考驗無窮無盡啊！

最近遇上瘋狂截稿期，每天都寫到凌晨三點才上床，頭一沾到枕頭就昏睡。阿逑是個很體貼的人，我的辛苦她全看在眼裡，能夠不麻煩我，就盡量讓我休息。

今天，我又是寫到清晨才收工，一爬上床就睡死，渾然不知阿逑不舒服，起來吐了兩次、沖了兩次熱水澡，還打死三隻蚊子。

阿逑不忍心叫醒我，一直忍耐到早上九點，我的鬧鐘終於響了，她才虛弱地說：「小貓，陪我去醫院好嗎？」

我睡昏了，鬼打牆地一直反問：「陪你去醫院幹嘛？你去醫院幹嘛？」奇怪，阿逑最近不都自己去看醫生嗎？幹嘛要陪她去醫院？

我腦中有一條線斷了，等到啪一聲，線終於連上，我才跳起來：「去醫院？你生病啦！你怎麼了？急診嗎？」阿逑已經虛弱得趴在床上，一點力氣都沒有。

我馬上刷牙洗臉換衣服，用最快的速度把她送去急診。阿逑站不住，只能坐輪椅，我推著她到處做檢查。送到抽血站時，護士往她手臂上扎針，我的心好酸，眼淚差點掉下來。阿逑這一年來已經受很多苦，可以讓她休息了嗎？

幸好，應該是膽結石或者腸胃炎發作，不嚴重，打完點滴，回家休息一下就好。

阿逑痛成那樣我還睡死，看樣子，我離好太太還有好大一段距離……

2013.10.14

秋天的長椅

阿逑生病後，我們的生活步調整個改變了。以前我們總是各自忙碌，偶爾，我先到家，會帶著小狗出門，到小公園等她下班。更多時候，我們忙得連遛狗時間都沒有，只能應付應付，讓小狗撒完尿就回家。

現在卻不一樣。阿逑最重要的事情就是照顧身體，除了好好吃藥，還要好好運動、曬太陽。她每天會帶著小狗到森林公園走一個小時，甚至會繞上小山丘。她每天都很驕傲地說：「小狗是我的健身教練！我們今天走很遠喔！」

有時候，我在辦公室不經意看到她在臉書貼照片，一人一狗在公園好愜意，我明明忙到爆炸，看到她們悠閒散步，卻覺得好幸福。

我還在公司附近找到一片大草坪，有很多小狗在那裡放繩奔跑。阿述乾脆帶小狗跟我一起出門，我入稿時，她們就在公園跑跑。等到我忙完，就散步到公園找她們，小狗每次見到我，都瘋狂地穿過整個公園跑到我腳邊打滾，阿述則在遠遠的地方傻笑。

牽上小狗、阿述後，我們會在附近找家戶外餐廳，吃點披薩、Tapas，再來一杯冰涼的白酒，吃一頓舒服的晚餐，隨意聊上幾句，感覺很像在美國旅行時，每到晚餐時間，就隨意找間小館，舒服地吃點東西。

回家後，阿述早早休息，我寫稿累了，就站在陽台吹風放空。看著小小的陽台，忍不住微笑，我們家到處都充滿小歷史。

陽台牆上釘著：「Bless Our Home」的陶瓷畫，那是十年前從紐約扛回來的，我們搬了無數次家，它也換過無數面牆。花架上坐著兩隻大木頭貓，是在峇里島庫塔逛街時，阿述送我的禮物，本來買了一對一樣大的，回台灣拆開來才發現被掉包，一大一小，氣歸氣，也不能怎麼辦，只好幫小的墊椅子，讓她們一樣高。

這幅畫跟這對貓，無論如何都會帶在身邊，好好地放在門廳或陽台，有她們家才算完

Bless
Our
Home

整。

除了貓與陶版畫，愛買的我偷偷增加很多東西。五年前搬到花蓮時買的天使花插，被我從花蓮的花盆裡取出來，帶到台北，插在新的日日春大盆子裡，風一吹，白鐵天使的翅膀就轉啊轉。阿逃生病後，我們迷戀天使，只要看到羽毛，就認定是天使來過，其實我們的陽台一直有天使守護啊。

去年在大安站小套房為過濾空氣種的薰衣草開花了；開刀完，老師來探病時送的左手香越來越茂盛，可愛的多肉植物都滿到陽台外，胖胖的頭擠出小鐵架，到處張望。

在一起久了，原來就是這樣嗎？生活裡到處都是小歷史。我還記得在美國維吉尼亞州海邊騎腳踏車逛小店，買一大堆一元小物，跟一隻彩繪玻璃鳥，雖然找不到好地方掛，卻也小心收著帶在身邊；在峇里島不只買一對大貓，還買了幾十隻小貓，住透天就讓她們在樓梯間排排站，住大樓就讓她們站回小格子櫃。

這些小東西都很便宜，卻意義深重，我很珍惜身邊這些老老的小東西，哪怕天使的翅膀長鏽了、木頭大貓微微裂了，連那幅Bless Our Home的老陶畫都有洗不去的灰塵，那是歲月留在上面的。

在公園散步時，我最喜歡看老先生老太太牽手，每次看了都會微笑。人生每一天都在改變，有很多微小的岔路，讓伴侶一不小心就分手，要累積多少幸運與愛，才能一起走到老？

愛從來就不容易，愛是一日一日累積出來的。

最好的日子，就是這樣了吧？心愛的人好好地在身邊，小狗也在身邊，沒有什麼煩惱懼怕。

最尋常就是最美好。阿述可以留在我身邊，就是最美好的事情。

三十年後、四十年後，當我們都變成老奶奶，木大貓、鐵天使、小陶畫一定也會好好地在我們身邊。

2013.11.06

手牽手睡覺

說起來有點不好意思，我跟阿逑到現在都還是手牽手睡覺。十三年來，都是如此。

最近反同志團體一直攻擊同志就是亂倫、多P與不忠，彷彿同志生來就只追求性愛，這是多麼荒謬的想像。同性戀跟異性戀一樣，有各種各樣的人，有人的性愛需求大，發展出多元的性關係與性伴侶；也有人盼望單一伴侶，追求忠誠的關係。

對愛情與性的態度，與個人性格、經歷有關，與性別無關。

當反同團體大力抨擊同志性關係混亂，追求亂倫與人獸交時，我總是很納悶這些聯想是哪裡來的？姑且不論成人電影裡的亂倫性愛，都是異性戀，可憐的人獸交也多半是

「異性行為」。這種把同志化約成「只追求性，忽略愛」的攻擊，更反映出反同團體的內心世界只有性。

同志不光是這樣的。同志有無數種型態，在經歷生命各種曲折後，有了各自喜好、夢想與執著。

我跟阿逑在談過幾次戀愛後，決定選擇彼此為伴侶，我們明白世界上可愛的人很多，人活一輩子，不可能只喜歡一個人，所以我們接受對方可能會對別人心動，那是人性，也是對伴侶的理解與寬容。但是為了對彼此的珍惜與尊重，我們不接受開放性關係，那會傷害現有的關係。我們也互相承諾，只要有了想離開對方的心情，一定要先帶回家裡討論，因為無論外面多麼好玩，有多少誘惑，最重要的都是我們兩個人的關係。因為對彼此的尊重與珍惜，我們至今沒有出過亂子，好好地在一起。

直到現在，我們都還會手牽手睡覺。我睡不安穩時，就會找她的手，暖暖握著，感覺很安全。

回想起我們第一次牽手，是在一九九九年去墾丁「春天吶喊」，那時候，五月天只出了單曲〈擁抱〉，阿信穿著T恤拖鞋走在路上也不會有迷妹尖叫。

那時候我偷偷暗戀阿逑，她也對此心知肚明。傍晚時，阿逑約我到海邊散步。天漸漸暗了，阿逑把租來的機車停好，說：「我晚上看不太清楚耶。」我牽起她的手，慢慢地走過海邊小丘。她的手跟我想像的一樣，溫暖厚實。

無論談過幾次戀愛，第一次跟暗戀很久的人牽手總是會心跳加速，像初戀一樣害羞、緊張，手心微微冒汗，說不出俏皮的話，只能沉默，偶爾說句：「小心走喔！」牽手時心思都在手心啊，牽得輕了，怕手鬆掉；牽得緊了，怕太直接，更怕手汗就這麼印到她的手掌上。那一段小沙丘走了十分鐘，到海邊找到椅子坐下後，我就害羞地把她的手放開。我們在海邊交換了彼此的過去，與對未來的想像。我們已經不是青春少女，都曾經在愛裡受傷，很明確要找一段穩定的關係。

回程，我又牽起她的手走過沙丘。沒想到一牽就是十幾年。

阿逑腳不方便，從那天後，我就理所當然地到哪裡都牽著她。阿逑走路慢，一群人出遊，她老是要大家走前面，她慢慢地走。有時候我貪玩，跑得快一些，但我跑不遠，總是隔個幾步就停下來，回頭等她。就像她記得我吃東西慢，一定要把最後一口留給我。這些細微的關心，是好幾年累積起來的，在街角的等待是，留最後一口湯也是。

我真的好想問問反同團體的人，你愛你的伴侶嗎？你跟她手牽手睡覺嗎？如果你也跟你的伴侶手牽手睡覺，覺得可以遇到身邊的人真是太幸福，你怎麼會不理解別人的愛？儘管同志伴侶看起來跟你不一樣，內涵是一樣的，愛是一樣的。

如果你早就跟你的伴侶形同陌路，睡覺時背對著背，甚至隔著一堵牆——你怎麼能說異性戀婚姻就是最好的？

這個世界上沒有任何人可以否定別人的愛。愛是存在於真實的生活中，不是在虛假的正義裡。

愛不分貧富貴賤，也不分性別男女。愛就是，你希望你身邊的人好好的，你希望你們可以相伴到老。

2013.11.20

千里尋愛的孤寂長路

下午陽光大好，阿逑回台中，我獨自帶小狗到公園走走，露天音樂台正好有管樂隊表演，我跟小狗停下來，在小山丘上聽音樂。陽光把人曬懶了，小狗舒服得睡著了。

我聽著聽著，突然聽到一段我逃避許久的音樂——《那些年，我們一起追的女孩》。我一直不敢看那部電影，不敢聽它的音樂。青春電影太刺人，那裡面的每一個情節都讓我想起我自己的青春偶像劇。

那是一段長達十年的初戀。我在女校愛上帥氣的同學，從十六歲遇到她，我的世界就改變了。從十六歲到二十六歲，有好多好多眼淚、傷痛，好多錯過與失望。

無論是在學校，還是放學後，我像跟屁蟲一樣黏著她。有時候我會對她很壞，故意打她、罵她，她總是忍耐，我猜想忍耐裡面有愛。我們一起去看MTV，我挑鬼片，嚇得躲在她懷裡，卻什麼事也沒發生；我們蹺家夜遊，天亮時去看日出，連手也沒碰到。

我們的愛很純情，卻很深刻。我對她壞，她不離開，可是當我終於鼓起勇氣告白時，她卻躲開了。她說：「你是好女孩，不應該喜歡女生，我是壞的，你離我越遠越好。」我不懂為什麼她是壞的，除非她不愛我，否則我們為什麼不能在一起？

除非她不愛我，否則哪怕相隔千里，我都會追尋她。從高中追到大學，她躲得越遠，我就更用力追，追到最後連一絲絲力氣都耗盡，追到像一抹孤魂。青春的我在沒有愛的地獄飄蕩，總是哭，總是喝醉，不明白為什麼我的愛是錯的。

我擠出最後一點力氣救自己。就在我決定離開時，她答應我一起私奔，只要逃到陌生城市，就可以好好在一起了。那天清晨，我們坐慢車到海邊，冬天的崎頂海水浴場，木麻黃枯枝在風中狂舞。我們走到夏日遮陽的小棚架下，她為我搬了一張圓板凳，我對著大海不斷唱著雷光夏的〈逝〉。

天還沒黑，我們就回到鬧市，我在人潮洶湧的火車站前跟她說：「我們分手吧。這次，我要你看著我離開。」

十年之後，我終於明白只有毀滅的愛情，是不會有未來的。痛苦不應該是愛著的常態。我終於放手了。然而，她也為我帶來些美好。她開啟我的愛情，也開啟我的同性戀世界。原來這個世界不是只有男女相戀，原來愛情不分性別。

她曾經很激烈地跟我說：「你不是T，你不要當同性戀，你好好去嫁人，好好去過一個正常的人生。」

傻孩子，沒有我們這些可愛的女生，你們要愛誰？況且，根本就沒有所謂「正常的人生」啊，每一個人的人生，都有跌宕痛苦，都是獨一無二的。愛情也是啊，根本就沒有所謂「正常的愛情」。

總之，叛逆如我，才不會聽一個幼稚T的胡言亂語。在她之後，我又經歷了幾次愛情，多半是失敗收場。我們都太年輕，連自己想要什麼都不知道，又怎麼有能力理解他人？怎麼有力氣愛人？

直到遇見阿逑。我已經快三十歲，在愛裡好疲憊，只希望有個人好好地在一起過日子。當時我只是個小行銷，阿逑則是總編輯，她穩定、溫和、好脾氣。我一眼就看見她，知道在她身邊有幸福的可能。我主動追求，阿逑認為「拒絕可愛的女孩是很不禮貌的」，就這麼半推半就跟我在一起。

我知道她是說笑的，她也需要一個勇敢堅定的人，陪她一起往前走。我們都曾經在愛裡受傷，都走過屬於自己的孤寂千里。相遇之後，我們不用再千里趕路，生活中到處都是愛，每天都有很多微小冒險，偶爾不小心踩到地雷，才知道原來要這樣愛她，原來要那樣照顧她。

不知不覺，我們已經在一起十五年，遠遠超過我那段悲苦的初戀。

我站在小山丘上聽著《那些年，我們一起追的女孩》，十六歲那年的痛楚突然清晰。秋日陽光卻喚醒我，我不再是穿著白衣藍裙，打藍色領結的少女，我已經四十歲了。我帶著過往的傷痛，狂奔、跌倒，爬起來繼續奮力向前，終於走到安穩中年。

幸好我走過來了，才能明白平淡的日子也可以很幸福，明白愛情重要的不是濃烈，而是恆久。

誰不是帶著過往的傷心一路向前跑？路途中向後飛的眼淚，早已蒸發，我們唯一擁有的，就是此時此刻。

2013.11.24

臉上塗大便

每到秋天，我們就會到大安森林公園野餐。睡到自然醒，刷牙洗臉完就衝到廚房，把麵包、火腿、水果、甜點、咖啡，還有小狗肉肉，一股腦全部放在買菜拉車裡。另外，我還準備了舊浴簾當成野餐墊、無印良品的琺瑯杯、摔不破的康寧盤。拉車裝滿後，開開心心跟阿逑、小狗到公園野餐。

阿逑喜歡會落葉的烏臼，我則找到一棵漂亮的楓樹，秋天在楓樹下野餐、睡覺，光著腳踩踩地氣，非常舒服。每次走進公園，阿逑就會問：「你想去哪裡？烏臼還是楓樹？」為了讓小狗安心玩耍，我們最後總是選擇烏臼樹下。

野餐時，我會帶書、帶小枕頭，書還沒翻頁就睡著了。阿述則會帶稿子去公園讀，看不了幾頁，小狗就逼她起身玩耍。我們總是從中午混到傍晚，肚子填飽，回頭覺也睡了，小狗跑夠了，就手牽手拉著空空的買菜車回家。

今天也不例外，悠悠哉哉混一個下午，說說笑笑要走出公園時，突然有人塞給我一張傳單，大聲地說：「捍衛傳統家庭價值，反對同性戀婚姻！」我氣得腦充血，不知道該如何回應。

我都還來不及罵回去，人潮就把我往門口擠。沒幾步路，又有另一個人，塞了另一張傳單給我，一樣大聲喊著：「捍衛傳統家庭價值，反對同性戀婚姻！」我氣炸了，大吼：「我就是女同性戀！I am a lesbian！」

陌生人敢當著我的面理直氣壯反對同志，簡直是在我臉上塗大便！這些粗魯的人到底是誰？他們對我一無所知，憑什麼大聲說我是錯的？憑什麼反對我的愛情？憑什麼？他們以為自己是誰！是上帝嗎?!

我媽養我這麼大，我堂堂正正，聰明努力，我不需要任何人告訴我人生該怎麼過！身為一個女同性戀者，我只需要為我母親的擔憂負責，我不用對任何陌生人、任何莫名的道德與傳統負責！

這麼一個美好的週末下午，就被這幾張傳單給毀了。我氣得邊走邊罵，阿述好脾氣，怕我真的跟人吵起來，一直把我往外推。

「我覺得他們就是在我臉上塗大便啊！就是這麼不開心！你幹嘛一直推我！你都不生氣嗎?!」我氣得對阿述大吼。

「我生氣啊，你反應快，已經罵了就夠了嘛！好好好！我下次也會罵，只是我還沒有想到要怎麼回應嘛！」阿述陪笑臉，硬是把我拖走。

「同志有遊行又怎麼樣？根本就沒有平權啊！隨便一個陌生人就可以在街頭說我們是錯的！這樣對嗎？這還有道理嗎?!」我繼續大吼。

回家冷靜後，我好好想了一輪，下次再碰到這樣的事情，我會直直地瞪著他，很認真地跟他說：「是的，我就是女同性戀，請問有什麼指教？你對我的生活一無所知，對我這個人一無所知，你憑什麼說我是錯的？憑什麼對著我指指點點？你以為你是誰？」

2013.12.01

那些微微發汗的青春歲月

如果不是在大安森林公園碰到粗魯的反同志團體，我幾乎都要忘了二十年前的往事。因為種種運動傷害，我把這段過往埋得很深。那年，我二十二歲，因為當時女朋友的關係而加入同志團體。

一九九〇年初，同志的行動都必須地下而隱晦，那是個沒有同志遊行、沒有同志諮詢熱線，也沒有校園性別平等委員會的年代，整個社會對同志都充滿敵意與惡意偷窺，電視台為了收視率，甚至會到同志酒吧偷拍。

那是個同志身分被識破，就會失去工作、失去家人，甚至失去生命的年代。我們就是從那樣幽微的年代走過來。

我們身邊有太多朋友，僅僅是因為暗戀女同學，就被公開嘲弄、被迫轉學；因為被家人識破身分，被逐出家門；甚至有很多同志因為無法接受自己的性傾向，選擇自殺。

我們不想再看見悲劇，身為同志，沒什麼好羞恥的，更沒什麼好活不下去！那些反對你的人，不應該成為你世界的全部；那些得不到的愛，也不應該成為摧毀你的理由。

於是有一群女同志集結起來，轟轟烈烈辦雜誌、搞團體、想盡辦法在封閉年代突圍。我們希望讓散落在各地的同志知道：你並不孤單，你不是怪物，有一群人在這裡活得很好，你可以加入我們，可以談戀愛、交朋友，知道自己也是有未來的。

我們把一切青春熱血都投注在同志運動裡。那是一段美好而艱困的歲月，沒有社群網路，就靠寫信找筆友；沒有錢，就用時間與苦力換取成果，甚至把自己微薄的薪水也丟進來。

當質疑同志的人說：「同性戀在哪裡？我看不到！」我們就在女書店辦「同志影像展」，掛滿各種同志照片，告訴大家：「我們就在這裡！」

當同志朋友說：「同性戀在哪裡？我找不到！」我們就在山裡的小屋辦營隊，讓落單的同志來找尋同類。

當電視台的鏡頭偷偷深入同志酒吧，造成被拍攝者的傷害，我們就大肆抗議，捍衛同志的隱私。

我們人不多，卻戰力激昂，在報紙寫專欄、在廣播說故事。為了保護自己與朋友，我們從不單獨作戰，而是用團體的名義，護衛著彼此。

我們白天工作，隱身主流社會；夜晚則瘋狂地開會、工作，等到我們從激烈討論中回神，公館巷弄裡的霓虹燈已經熄滅，我們繼續在街邊爭論、抽菸，空氣中迴盪著我們的討論，與微微的汗味。

那時候我們無法想像未來的同志運動會走到哪裡，我們只是悶著頭拚命努力，因為我們知道身為同志不是可恥的，我們渴望同志總有一天可以昂著頭，驕傲地走上街頭，擁有相愛的權利。

二〇〇〇年第一屆台北同玩節在信義威秀展開，台北市的街頭第一次升起彩虹旗，我們看著美麗的彩虹旗在天空飄揚，感動得哭了。同志不只屬於夜晚，也屬於白天哪！

就當同志運動在之後如火如荼展開時，團體卻散了。我們把太多人生投注在運動中，愛與恨也同時在這裡面蔓延。當時環境太封閉，我們只能在這麼小的圈子裡交朋友、談戀愛，碰撞來去都是自己人。這是危險的，當愛崩解，恨隨之而生。

團體散得絕對而破碎，至今我仍然無法回望，無法拾起任何一個碎片，好好看個仔細。那些美好的、為同志奮鬥的好幾個夏天，就這麼過去了。

二〇〇三年，台灣終於有了第一次的同志遊行，同志們終於不用戴面具上街。可是我們的團體卻不在其間，我混雜在人群中，百感交集。我們知道那幾個夏天的努力沒有白費，因為我們辦的刊物、活動，帶給很多人勇氣，讓她們不再自我傷害、自我質疑。跟我一起遊行的友伴，已經不是當年連夜奮戰的朋友。

後來的幾年，只要遊行，街道上就會揚起無數彩虹旗，甚至會有一面超級巨大的彩虹旗，滿滿地鋪過忠孝東路。原來同志運動可以走得這麼遠，這麼美麗。

我跟阿述在一起後，也會去同志遊行。當梁靜茹唱〈勇氣〉時，我跟阿述都哭了。梁靜茹是這麼唱的：

終於作了這個決定　別人怎麼說我不理

只要你也一樣的肯定
我願意天涯海角都隨你去
我知道一切不容易
我的心一直溫習說服自己
最怕你忽然說要放棄

愛真的需要勇氣　來面對流言蜚語
只要你一個眼神肯定　我的愛就有意義

我們都需要勇氣　去相信會在一起
人潮擁擠我能感覺你
放在我手心裡　你的真心

如果我的堅強任性
會不小心傷害了你

你能不能溫柔提醒
我雖然心太急 更害怕錯過你

走過同志運動艱難又黑暗的年代，見到太多同志因為不接受自己的性傾向而自我傷害，我深深明白要牽起愛人的手有多麼艱難，好好地相信自己，好好地活下來多麼艱難。台灣的同志運動似乎越來越穩健、盛大，我們不只有同志遊行，甚至有阿妹站台，在華山大草原開唱〈愛是唯一〉，彩虹旗滿天飛舞。然而，同志之愛又那麼脆弱，隨便一個人便可以站在路邊發傳單，直直地看著你說：「同性戀是錯的！」

怎麼會這樣呢？我們投入了無數歲月、人力，又犧牲了多少人的生命，為什麼一個陌生人可以這樣輕易否認我們的生活？

我已經許久沒有想起那段青春歲月，那裡面藏著太多運動傷害，我不忍心回望。但是我絕對不會退縮。

同性戀不是錯誤，不應該被指責，更不應該被歧視。

我們只是愛著相同性別的人。愛就是愛，別無其他。

2013.12.03

活得像一朵向日葵

今天生日，想起這一年經歷的起伏與驚嚇，便沒什麼心情過生日。

就算不陪病，人生還是有很多麻煩，我們總是會想辦法跟自己過不去。二十歲追求愛情，三十歲在乎人際，四十歲苦惱成就，五十歲、六十歲，甚至七十、八十、九十歲，也會有不同的煩惱。

人總是讓自己不好過。我明明是個很容易開心的孩子啊，我永遠記得童年的某一個午後，我在家裡找到一支竹蜻蜓，高興得不得了，馬上跑到巷子裡玩。竹蜻蜓真的很好玩，雙手一搓，它就扭扭身體飛上天，我看著竹蜻蜓在天空飄，樂得笑呵呵。

媽媽騎車回家，遠遠就看到一個小孩自顧自笑得很快樂，覺得很可愛，沒想到是自己的女兒。她笑問我：「玩什麼這麼開心？」我把竹蜻蜓遞給她，就是玩這個啊，這麼簡單，這麼快樂。

長大以後，我漸漸失去那種樸素單純的快樂，好像要符合某種樣子，才是「長大」。我想要事業有成，我想要精明幹練，我想要成為無敵超人，我唯一不想的，就是成為我自己。更重要的是，我不能讓人發現我是個同性戀。

我把自己逼得沒一天好過，陷入深深的憂鬱中。那時候我常聽人說：「某某真是很自在啊。」「自在」到底是什麼？我想要知道那種感覺，我想要知道為什麼有人長大了，卻還可以保持自我，保持單純的快樂？

更後來，我在龐大的工作壓力下，得了重度憂鬱症，整個人跌到谷底。我搬到花蓮住了好長的時間，努力讓自己從谷底爬起來。我每天看海、看山、看樹，更愛在下過雨後，看著碰咚碰咚冒出來的小蘑菇。我在生活裡找一些小小的樂趣，盡可能地讓自己活得舒服一點。

我想找回那個只有一支竹蜻蜓，就很滿足、很快樂的我。

我每天到美崙田徑場走路，那是全台灣最美麗的田徑場，轉個彎就看到山，再轉個彎就看見海。我總是抬頭挺胸地走，告訴自己：人生的路也要這樣走下去！

在花蓮住了四年半，在山、海、朋友的陪伴下，我明白一個至為珍貴的道理：我不需要有成就，也不用有任何頭銜，我只要是我自己，就足夠被愛。

後來，我更想起來，小時候我很喜歡向日葵，它簡單、爽朗、明亮，總是開心地對著太陽笑。沒想到崇拜的小說家聽我提起向日葵後，不屑地說：「向日葵沒有紋理、簡單到無趣，一點也不美。玫瑰花才繁複美麗。」偶像都這麼說了，我怎麼好意思像傻子一樣繼續愛著向日葵？在那之後，我好討厭向日葵，我在花朵陽光般的笑臉裡，看見陰影，看見前輩的嘲笑。簡單的花不值得被喜歡。

很多年以後，我跟前輩因為種種原因，不再聯絡。我也慢慢長回自己的樣子，我一直在想：「簡單不好嗎？爽朗不好嗎？曬太陽感到歡喜，就對著太陽直直傻笑，這樣不好嗎？」

人為什麼一定要活得繁複？當我們知道人生必然繁複痛苦後，就應該盡量活得簡單，不是嗎？

行過憂鬱峽谷，我終於重新喜歡向日葵。

現在的我，很容易就快樂。撿到Lucky Penny就可以讓我樂很久，感覺有好事要發生。這一年來已經撿到五個Lucky Penny，連在和信陪診時都會撿到。我馬上拿給阿述看，開心地說：「我們一定會得到幫助的！我們是幸運的喔！」

出門坐車時，只要一路遇到綠燈，就認定今天一定會整天交通順利、約訪順利、寫稿順利。有一次還聽計程車司機講他如何追老婆，兩人如何相愛，最後更扯開喉嚨唱自己胡編的歌：「我倆的情意啊，濃得化不開——」我在後座聽得好開心，那一整天彷彿都被濃濃情意包圍著。

買東西時，皮夾裡正好有足夠的零錢數，也會暗暗高興，我甚至還會跟錢說話，每次把錢花出去時，要跟錢說：「謝謝你，記得要帶更多朋友來找我喔！」

在寫自閉兒的故事《肯納園——一個愛與夢想的故事》時，家長送了我一套漫畫《與光同行》，書裡的孩子每天都遇到很多困難，他的人生比我們艱難千萬倍，每天出門前，他的母親一定會很有元氣地叮嚀他：「今天也要精神抖擻喔！」

活得精神抖擻是很重要的。這個世界上，誰沒有煩惱、誰不會被討厭、誰不會碰到鳥事。我們不能阻止壞事情臨頭，也不能期待天天都只有好事，我們只能決定自己要用什麼樣子活著。

人活著就會有苦，無論如何，我都希望可以活得精神抖擻，活得像一朵向日葵。

今天生日，震撼教育的一年，沒什麼特別慶祝，能夠好好過日子就是最好的禮物。就用這一篇小文章祝自己生日快樂吧。

2013.12.18

開刀後，第一次追蹤

今天是阿逑開刀後，第一次回和信追蹤。我早早出門，一個早上就完成看版、做稿子、聽同事訴苦，回覆無數工作郵件等瑣碎工作。我想儘快把工作完成，陪阿逑回診。

阿逑知道我忙，打電話來說：「你安心忙，我自己去。」這怎麼行，第一次追蹤，我怎麼樣都不會放心，一定要陪。

開車往和信的路上，突然下起雨，阿逑很沉默，她心裡還是很害怕吧。走過和信長廊時，我問阿逑：「恍如隔世？」阿逑點點頭。

我輕輕摸阿逑的臉，就像平常撫摸小狗，溫柔地跟她說：「很辛苦喔？不用怕，一定會沒事的。」

短短四個月，確診、開刀、安頓新家、決定退休……發生了這麼多事，我們卻很少想起，不知道是因為日子太忙，還是故意遺忘。

我們熟門熟路走進婦女門診、抽號碼牌、找小桌等待，再進候診室等待。候診時，對面坐了一個老媽媽，應該是剛剛才診斷出惡性，老媽媽驚惶哭泣，兩個女兒陪著安慰。我想起我們第一次進入這個候診室，也是這麼不安。

終於輪到阿述。進小診間後，護理師先來確認，做簡單的觸診、詢問，等到初步檢查完成後，醫生也進來了。醫生很爽朗地跟阿述打招呼，看了病歷、做了觸診後，笑咪咪說：「很好！很好！四個月了耶！狀況很好！」

醫師叮嚀：「藥不能停，否則就是把自己暴露在極端的危險中。」見我們有疑慮，儘管外面還有很多病人在等待，醫生卻回頭坐下來，很嚴肅地分析各種藥物的利弊，又提出很多治療方案，講了好一會兒才離開。能夠碰到這麼好的醫生，真的很幸運。

藥物分析讓人沉重。等著領藥時，突然聽見合唱團在一樓中庭練唱聖歌，我趴在欄杆上聽歌，眼淚流個不停。

雖然很想說：「人生還是到處都有美好的歌聲啊——」這種話，但是在這樣的時刻，真的說不出來。我只覺得人生好苦。

我一直哭一直哭，哭到旁邊穿著病人衣服的阿公都盯著我看，哭到自己都覺得好笑，我明明不是病人，阿逑的症狀也控制得很好。我哪來這麼多眼淚。搞不好路人以為我病重。

其實我小時候是不愛哭的，偏偏越老越愛哭。也許是內心有些什麼鬆動了吧，我不再覺得不哭很酷，不再覺得人該有個「樣子」。

想哭就哭啊，用眼淚把悲傷洗掉，心才能輕輕鬆鬆。這半年來肩頭真的太重了，能哭也是好事。

哭完了，我也餓了，藥也拿好了，我決定載著阿逑直奔石牌吃薑母鴨。我是愛哭鬼，更是愛吃鬼，只要吃到好吃的，心情就會大好。阿逑說這是「美食療法」。

平常阿逑都會支持我的美食療法，但她現在是非常時期，又在養身，戒心很重，她邊啃鴨肉邊擔心：「我可以吃鴨子嗎？聽說鴨子很毒？」

我大口嚼肉，爽快地說：「又不是天天吃！吃飯開心，食物自然會變成好的能量；吃飯不開心，吃什麼都是負面能量。吃吧吃吧！」

吃完薑母鴨上車後，我眼尖，看到有一個小攤子賣拔絲地瓜，馬上叫阿述停車，蹦蹦跳跳買了一大盒拔絲地瓜在車上繼續吃。

人生確實很苦，苦得受不了的時候，就哭一哭，把苦洗掉。也許接著就會遇到好事，吃到一鍋好吃的薑母鴨，買到一份拔絲地瓜。

再苦，我跟阿述都還是好好地在一起，這樣就夠了。

2013.12.23

燉藥的小妻子

阿謰除了西醫治療外，還用中醫調理身體，必須熬湯藥。熬藥是我的工作。每次在廚房燉藥燉湯時，我都覺得我好像女巫，抓一把藥、扔幾片果實，咕嘟咕嘟小火慢熬，熬出一小碗湯藥，喝下去身體就會變好喔。

內金、金錢草、鬱金、海金沙各兩錢；炒白芍、甘草、柴胡、枳實各三錢。一千五百c.c.的水熬一個小時後，倒進大碗等著。再倒一千c.c.的水，熬一個半小時，跟前一次混合。這是阿謰的藥。

主婦聯盟買的雞肉川燙等著、紅棗、枸杞、牛蒡洗好，連雞腿一起全放入大砂鍋，加水八分滿，燉三個小時。這是阿逑的湯。

阿逑在家的時間比我多，她應該可以自己熬藥，可我喜歡幫她熬藥。每次清洗藥材時，我都覺得我是個勤勤勉勉的小妻子，好幸福喔。

只不過，我常常忘了在藥材裡添薑片，所以正確的說法是，我是個勤勤勉勉，卻有點健忘的，自己玩得很快樂的小妻子。

2013.12.24

無聊的聖誕夜

聖誕夜，我跟阿㳛沒活動，在家煎牛排、滑手機。我忍不住一直吵鬧。

「我們來聊天好嗎？」

「……」

「找個話題聊聊嘛！」

「……」

「不要一直滑手機嘛！你都沒有心裡話要跟我說？」

「有。」

「什麼什麼!!」大喜。

「安靜。」

「……」

2013.12.31

今年最重要的三件事

每到年終，朋友間就喜歡玩一個小遊戲：「對你而言，今年最重要的三件事是什麼？」

我想了想，有三件。

阿莚生病。

從花蓮移居回台北。

把小狗留在身邊。

這裡面沒有任何一件事情，與工作有關。我曾經是個工作狂，如今我才明白，沒有平穩的生活，根本不可能好好工作。生活、愛情穩定，才能全心衝刺工作。當國際旅遊記者的兩年，我常常飛來飛去，可是我從來不擔心阿逑外遇，我知道她會好好地在哪裡，我只需要把自己照顧好就夠了。我跟阿逑在一起後，學會安心生活。

平安的日常，勝過一切。

這一年真是超級變動年，三月初決定從花蓮移居回台北，重回職場，本來以為要花很多時間調整，但是我的記者魂很快就回神，迅速投入專題製作，我常常忘了累，只覺得很過癮。

我製作許多專題，採訪許多社會運動中的重要人物，包括全國關廠工人連線的吳永毅、綠色公民行動聯盟的崔愫欣、反核四五六的柯一正、拍每一場電影都像搞公民運動的王小棣、導盲犬協會……我總是希望透過媒體工作，可以傳達更多社會議題，用很微小的力量，改變社會。

我也在朋友的邀請下，擔任婦女新知基金會的董事。當我還是小女性主義者時，就是在婦女新知被啟蒙，無論是性別意識、同志議題等等。現在我長大，有一點力氣，就該回饋。

每一項工作，我都用盡全力，做我認為對的、好的、正確的事。但是我更珍惜日常生活，因為日常穩固了，才能無後顧之憂地努力。

沒有家，沒有阿逑，我只能飄蕩。

就要跨到二〇一四年了，我們一直很努力活著，請老天爺保佑我們，平平安安。

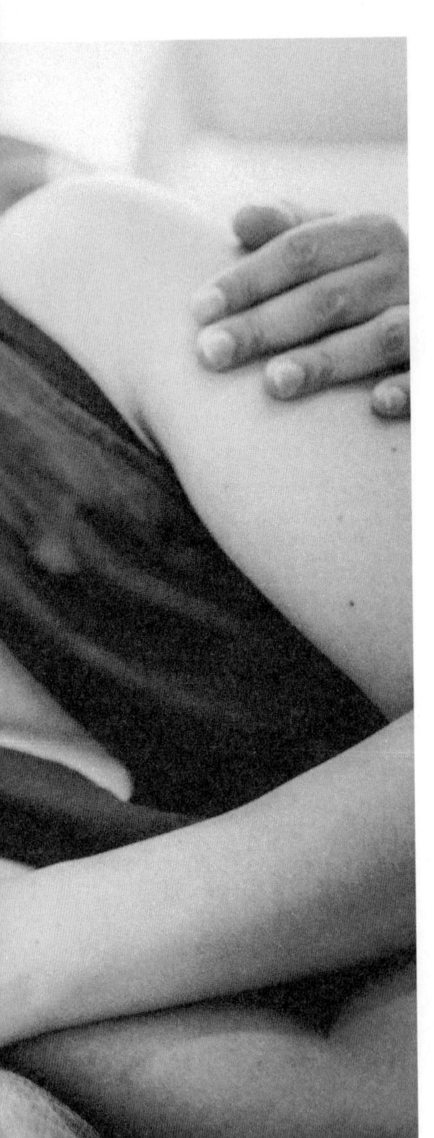

其三

康復。生命的河流啊，你要流向何方？

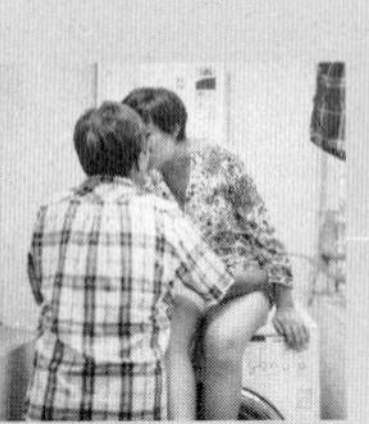

二〇一四年對我們來說，是悲傷的一年。阿述的身體終於好轉，開始工作，沒想到一路互相陪伴的黃黎明老師卻離去了。

其實不只黃老師，這幾年，我跟阿述經歷好多死亡，二〇一二年，阿述的恩師余德慧教授病逝於花蓮；二〇一五年三月，好友韓良露驟然離世。

死亡迫近，我不停思考：人為什麼降生在這個世界？活著是什麼？死亡是什麼？

我們在人群中遇見彼此，直到死亡把我們分開。我們還會有再見的一天嗎？

「人活著每一日都在逼近死亡。」余德慧曾經這麼說。

去為韓良露捻香那晚，我回家做了一個夢。

夢中，阿述問我：「死亡是什麼？」

我牽起阿述的手，飛了起來，我們滑翔過整片藍天，最後飛進一座森林，滿滿都是黃花風鈴木，樹旁有潭，深如明鏡，靛藍色的湖面倒映著樹，彷彿另一個世界。一片葉子落下，湖面泛起陣陣漣漪。

我們手牽著手，站在黑色巨石上，看著晃動水紋，世界全然寂靜。

「這就是死亡。」我轉頭告訴阿述。

天矇矇亮，我慢慢轉醒，恍惚想著，我有什麼資格說死亡是什麼？我未曾到過那麼遠的地方。

總有一天，我們會拋下彼此，沉入深潭。

我只希望，那一日來臨時，我們只有悲傷，沒有痛苦。

我只希望，我至少可以陪你飛翔一段，陪你安穩落下。

2014.01.01

真愛每一天

元旦這天，閒閒無事，終於看了電影《真愛每一天》。電影中的男主角繼承了家族男性的特異功能，可以任意回到歲月中的某一天，去扭轉，或者回味，把最美好的那一天重新再過一遍。

如果可以回到特定的一天，我會回到哪一天？

跟阿逑在一起十幾年，我無法決定哪一天是最幸福的。我有一次問她：「你覺得我們在一起最幸福的是什麼事？」阿逑說：「都很幸福啊。」

阿逑開刀後，一直放鬆過生活，偶爾，我上班時，她會帶著小狗跟我一起出門，我在辦公室忙著，她就陪小狗在公司附近的大草原散步。下班後，我慢慢散步去找她，兩個人一起到Trio喝酒，或者到巷貓吃披薩。對我來說，這就是最幸福的事情。

又或者，某天一早，記者來採訪阿逑，家裡不適合拍照，阿逑便帶著小狗一起出門拍照，順便遛狗，我則在家繼續工作。一個多小時後，阿逑打電話回來說拍好了，要回來了，肚子好餓，可以幫她烤一些麵包嗎？

也或者只是路邊瑣碎的對話，前幾天，我寫稿寫到傍晚才進公司入稿，阿逑帶小狗陪我去等公車。阿逑說她回家的路上可以買些東西，等我看完稿子回來一起吃。我們沿路討論晚餐吃什麼好？我站在忠南飯館前挑了很久，都挑不到想吃的菜，阿逑好脾氣，問我這個那個如何？我樣樣挑剔。後來才決定讓阿逑買些朱記的炒飯、餡餅回家。

我很珍惜這種日常。在外面肚子餓了，打電話回家說想吃烤麵包；回家的路上想買點吃的，並肩站在櫥窗前細細碎碎討論。

我在這樣瑣碎到近乎無聊的日常裡，感受到愛。

其實我們能夠在一起的時間，真的很有限。我們已經各自決定，阿逑下輩子要當一隻綠繡眼，可以自由飛翔，而且只要吃幾粒米就飽了；我則在第一次坐船出海、在清水斷崖前看到上百隻飛炫海豚後，就決定下輩子要當海豚，天天在海裡游泳，遇到陽光大好的日子，就跳出海面轉幾圈。

我們是兩個獨立的個體，從來不強迫對方，更不會干預對方的人生決定。阿逑在我心中，是無所不知的。我問她：「愛是什麼？」

「愛是理解與包容。」阿逑說。

如果讓我回到生命中的某一天，我哪裡也不想去，我想待在現在。過去的每一天我們都沒有浪費，沒有後悔，又何必回去。好好往前走就是了。

下輩子，如果我真的成為海豚，阿逑成為一隻飛鳥，我們就不會再相遇，會忘記彼此，各自活在海裡、天上，不苦苦執著。

生命很短，愛很寶貴，要珍惜。

2014.05.18

氣喘的孤單清晨

也許是因為太疲倦，我最近常常在清晨氣喘。早上五、六點，氣管會突然冒出各種恐怖的聲音，像是破掉的口風琴吹氣管，一口氣吸進來，氣管就緊緊縮著，發出「咻——」的聲音；一口氣吐出去，氣管就癱了，像壞掉的玩具呼呼叫。

今天清晨，我試著更緩慢地呼吸，氣管反而發出破笛子般的尖叫聲。躺了一個小時，我棄守了，決定起來吃中藥。在青瓷小碗裡倒兩匙小青龍湯、兩匙炙甘草湯，再淋上一大匙蜂蜜，沖熱水攪拌後，放涼等著。

從三一八學運後，氣喘就常常發作。為了寫學運報導，我的作息完全顛倒。我常常在議場待到天亮，回家爬上床已經中午。日夜顛倒持續了一個多月，原本就容易過敏的我，氣喘得更嚴重。我跟阿逑的角色對調了，這一年多來是我照顧她，現在換她照顧我。

氣喘發作來得很急，我不止一次半夜掛急診，除了吸藥，還得打針，偏偏我的過敏反應很激烈，有次心跳狂飆到一百六十下，把阿逑嚇壞了。又有一次，只不過貪玩，喝了兩口調酒，結果直接從餐廳被送到急診室，那天除了左手打點滴，右手還抽了動脈血，痛得我飆淚。

阿逑總是陪著我。吸藥時，藥很苦，我不能說話，只能傳Line跟她訴苦，她馬上幫我拍照，取笑我苦瓜臉好醜。我知道阿逑是故意逗我笑。

每次深夜送急診，總是要折騰好幾個小時，阿逑就這麼窩在小椅子上陪我吸藥。我看著她，總是不忍心睡著，只希望快快好轉，我回家，阿逑才能好好睡覺。

阿逑也用各種方法降低我急性發作的機率。平日，她讓我吃各種中藥調養；發作時，她讓我隨時拿得到支氣管擴張劑。床頭、書桌、常用的背包裡，都擺了擴張劑。

有天，我們一起開車到宜蘭吃烤鴨，車子才剛上五號公路，我就發現忘記帶噴劑，阿逑得意地說：「你打開前座抽屜看一下。」她連車子裡都放了噴劑。當然，她還是會碎念：「自己的噴劑自己帶好嗎？」

雖然阿逑如此細心體貼，但是人在病中，痛苦只能自己承受，再愛的人都無法分擔。阿逑開刀時，我只能等待；我氣喘時，阿逑只能幫我拿藥。

清晨是阿逑睡得最熟的時候，我怕吵醒她，總是輕輕下床，到客廳吃藥。

春日清晨，寒氣深重，我獨自端著小碗坐在餐桌前，世界好安靜。突然覺得好孤單。

2014.06.18

帶著各自的旅程，在終點相遇

當我還為了人間細瑣小事傷春悲秋時，死亡就往我頭上砸過來，毫不留情。

一直以來很照顧我們的製作人黃黎明老師，肺癌突然惡化，四月住進台大醫院，五月都還沒有過完，她就離開了。黃老師從罹癌到離去，三年多的時光，雖然已經超出醫生預期，我們卻遠遠覺得不夠。

黃黎明老師是台灣戲劇圈重要的製作人與編劇，也是王小棣導演最重要的夥伴，黃老師的作品包括《全家福》、《佳家福》、《魔法阿嬤》、《赴宴》、《大醫院小醫生》、《波麗士大人》、《刺蝟男孩》……等，她最後的作品是《長不大的爸爸》。她跟小棣老師培養出無數重要的戲劇人才，包括蔡明亮、陳玉勳、徐譽庭……都是他們的學生。阿逑也曾經跟著老師們寫了兩齣戲。

黃老師總是很溫暖地照拂身邊的人。阿逑罹癌時，黃老師很關心，連我們去醫院看報告的日子都記得，我們一聽完報告，老師電話就來了，聽到無事就開心歡呼。

阿逑出院後，老師帶著紅葉的黑森林蛋糕、自己種的多肉植物來家裡探望，如今，盆栽裡的植物越來越勇健，甚至張狂地探出陽台鐵架、追逐陽光，黃老師卻在天堂了。

今天送黃老師上山，她將安居在看得到山與海的地方。回家的路上，我們繞去黃老師最喜歡的海邊看海，晴空萬里，海好藍，我們說說笑笑想著老師。

回家後，突然下起大雨，我中暑了，昏昏沉沉地睡著，醒來有些恍惚，在電腦前寫下這篇悼文。

＊＊＊

這幾天一直想到台灣生死學大師余德慧說過的一句話：「死亡是巨大的存在」。我不確定是在哪一本書看到的，下午睡了很沉很沉的午覺後，恍恍惚惚醒來，把書架上前年編過的《生死無盡，思念綿延——余德慧語錄追思版》拿出來讀。

我想在書裡找生死的答案，我想知道，死亡是什麼？活著又是什麼？我不停標出語錄中的話語，找尋答案與寬慰。

逝者未逝，因為活著的人不斷地召喚而活著，活在「惦念」的史性空間裡。追憶的時間一點都不是虛無飄渺的東西，……當追憶發生時，當年共處的經驗如招喚般地被召喚到眼前；失落的現在與追憶的魂之間形成深淵，但淵底卻充滿牽繫。〈台灣巫宗教的心理療癒〉

思緒回到前年夏天的花蓮，小余（這是我認識余德慧教授十幾年來慣用的稱呼）突然胃痛，晚上送去慈濟醫院，住對門的我們就此展開了一個多月的陪伴旅程。

我們在病房裡使不上力，就天天幫忙送餐給小余的妻子顧瑜君，至少讓瑜君吃好一點。送餐的旅途，必須穿過火車站旁的地下道，穿過隧道後，就是筆直馬路，路的盡頭是中央山脈。黃昏時，光的粉塵灑在大山上，那真的是「靠山」，穩重而肅穆莊嚴地站在路的盡頭，告訴你不要害怕，一切有我。瑜君常常寫在陪病日記，她在病房裡跟我們看著同樣的山，同樣的光線。晴朗的日子，光會照進病房，小余也跟我們同樣沐浴在暖暖的陽光下。

一個多月後，小余選了只有他跟瑜君在一起的片刻，安安靜靜地走了。除花蓮的學生外，小余散落各地的學生也都回來了，有心靈工坊的桂花，和慧秋、南藝大的卓軍、當時還在中研院的宜澤、已經在東華諮輔系的維倫、東華族群所的徐達、和信的世明，還有政大的耀盛。他們跟著小余的時候，都仍是青春無敵的大學生，現在都是大學教授了，我跟他們或熟悉，或初次認識，從他們口中漸漸拼湊出我不認識的小余，一個毫無保留愛著學生的小余。

我們風風火火地在慧秋的坐鎮下，以我們花蓮的家為基地，編余德慧語錄。那幾天我們瘋狂地看小余的書，累了就隨便靠在沙發上睡一下，醒了繼續讀書編書。那時我突然感覺，這是我跟小余最親近的時刻，透過他的字字句句，我進入他的世界，發現他綿密而多情的思考，想到他明明就住家對門，我卻老是怕自己學問不夠，不敢去讀書會，也不肯去誦缽。

他在我們搬進花蓮家時，曾滿心高興地與誦缽團的學生們，帶著好香的野薑花、蠟燭，到我們家為我們清淨。接下來的一年半，他的身體越來越差，我也膽怯退縮，雖然對生命有很多困惑，卻不敢開口問。

直到他死後，透過他的書，我才得以親近他。

> **對於臨終，我總是有著不由自主的親暱，總覺得人必定朝向死亡卻還肯日復一日地活下去是件不可思議的事。**〈死亡心理與臨終研究〉

我不斷在小余不在的世界，體會「死亡是巨大的存在」。體會人活著就是一日一日逼近死亡，死亡的迫近，讓我們更努力把握此生。

雖然我的父親在我十九歲時就過世，在此之前，他病了十年。但是直到小余去世，我才真正開始思考「死亡」。

然而，人終究是無法學到教訓。在小余之後，我再度失去另一位老師，黃黎明老師。而今想起這珍貴的失去，仍然會讓我默默地流下眼淚，雖然我知道黃老師已經在看得到大海的地方安歇，思念卻總是讓人難受。

跟黃老師的緣分比跟小余深，她與小棣老師的慷慨，讓我有機會在偶爾上台北時，跟她們同住山上。那是一段很美好的時光，黃老師剛發現罹癌，在治療之外，很努力地做運動，她每天早上會用響亮的聲音，從一樓喊我們起床吃早餐。她臉色紅潤，比我們每一個人都還健康。晚上她可能因為化療而不舒服，白天時卻精神奕奕，還糾正我們甩手姿勢不正確。櫻花大開時，她會好開心地帶我們去看櫻花，在樹下笑得很燦爛。

因緣聚散，我們後來在台北安頓了一個家，匆促地搬到市區。工作忙碌，老師好幾次打電話來催我們回山上練功，回山上玩耍，我都擱不下手邊的事情。現在想想，哪有什麼重要的事情呢？

我竟然沒有從小余的身上學到教訓，依舊錯過了這麼珍貴的緣分。我是如此愚蠢，永遠無法學會教訓。

儘管超出醫生預期的時間很多很多，黃老師終究走到人生的最後階段。那段日子，我們排班到醫院陪黃老師說話。黃老師醒著的時候，常常會意外冒出一兩句說笑的話。有時候老師累了，我們就幫老師弄點薰衣草精油，放點音樂。黃老師就算到了最後的日子，仍然像個天使，那麼清亮，那麼美好。

人必須在孤寂的裂隙裡頭修行，看看死的究竟。〈從生死無盡之處走來〉

終究還是要告別。那一日，好多人在助念室為黃老師念經，法鼓山的法師很莊嚴，台大醫院地下室的長廊迴盪著誦經聲，我們都想起黃老師的笑容，像天使一樣。如今回想起那日的長廊，彷佛有種不可思議的金色光芒，穿透生死的邊界，也穿透我們的身體與心靈。

小余跟黃老師都不是被傳統綁縛的人，小余的靈堂被稱作「生命講堂」，案上不供假蓮花，而是擺滿他寫過的書，家裡隨時有新鮮的野薑花，學生們來來去去，或讀書，或討論死亡與人生，偶爾說說笑。黃老師的案上則是擺滿她喜歡的白色花朵，盡可能用她最喜歡的方式紀念她。

黃老師走後，我一直在想：「人活著，究竟要留下什麼給這個世界？」每個朋友想起的，都是老師的笑容，她是一個寬厚正直、大方溫柔的人。她總是充滿好奇心地探頭看向這個世界，常常呵呵笑著。

然而，黃老師一生留下的不只如此。黃老師與小棣老師栽培出台灣戲劇界那麼多重要的導演、演員，與無數的幕後工作者，有時候我看著來往哀悼的人，心裡一驚：「這些人幾乎全是得獎的大導演、大明星，湊在一起可以拍出好多好棒的戲！」我死後，又可以留下什麼呢？別人想起我的時候，也會帶著笑嗎？

人活著就是逼近死亡，那麼這些早我們一步離開的老師們，究竟在示現什麼？老師為我們上了最後一堂課，我們能參悟多少？我們可以因此成為更好的人？活出更好的人生嗎？

再相愛相親的人，到頭來都要道別，終究，我們是一個人來去，那些曾經共有過的生活與思念又該怎麼辦？

這麼說來，人生好像太苦了，有那麼多悲傷，那麼多離別，我們竟然都是孤寂來去。

我們的生命感並不是直直的一條線投向未來，而是彎彎曲曲的縈繞，每個時刻都是由生命的過去返回現在的心頭，而成就此時活著的生命感。〈生命經驗的歷史感〉

也許，在來去之間，我們並不孤寂。生命宛如幽靜長河，它從來不是筆直的，在彎曲迂迴中，我們跟好多人相遇，每一次的相親相愛，都如河上點點光亮，讓我們成為更豐富、美麗的河流，讓我們在向前奔流時，帶著微笑與溫暖，人活著也就不那麼孤單了。

總有一天，我們會帶著各自的旅程，在終點相見。

2014.06.24

降生的意義

密集到台大醫院陪伴黃老師的那段日子，我總是沿著仁愛路騎機車到台大醫院。我想像自己是一陣風，飛過成排行道樹，飛行時不斷思考：「人降生在這個世界的意義到底是什麼？」

這一年多來，我跟阿逑翻來覆去討論生死。阿逑說：「我們的靈魂在降生前就已經決定要去的地方，我們在哪裡出生、會遇到什麼人，都是靈魂決定的。」

我則認為，我們降生到這個世界，就是為了做功課，為了讓我們的靈魂圓滿。

四十歲之後，我老了一些，也吃過人生的苦，嘗過生離死別的滋味。我漸漸懂得所謂

「做功課」並不是賺了多少錢、多麼地功成名就，而是我能不能透過自己受過的苦，漸漸長出對世界的同理心、慈悲心。

我能不能因為吃過苦，而成為一個更好的人，在自我實踐的路途上，帶著更多溫暖與善意？

也或許，我們這一生的功課就是「和解」，與自己和解，與傷害過我們的人和解，與世界和解。因為無論活得多麼燦爛，或多麼孤單不堪，到臨走前都只能放下，無論留下的是懷念還是傷害，此生功課已了，再無瓜葛。

我最近一直想起我的父親，他並不快樂，精神上，他有邊緣性人格，一生都得不到愛，也學不會愛人。肉體上，他則承受癌症帶來的苦，以及因為癌症而中斷的事業。我的童年與青春期被他的各種暴力撕裂得很破碎，長大以後的我，花了很多錢，很多力氣，去治療那些傷害。

我曾經非常怨恨父親，我以為一輩子都不會原諒他。可是，當我思考生命的命題時，卻不斷想起他。

我父親的人生，是怎麼樣子呢？他的靈魂為什麼要讓他有這麼艱苦的一生？

我心裡突然升起一股疼惜與難過。他的人生功課真是艱難，他是來學習愛的。

父親是在自己的床上抽完最後一口菸後，默默斷氣的。那時刻如此尋常，母親在美容院裡忙著，弟弟也不知跑到哪裡，我匆匆從台北趕回家，是我發現父親斷了氣。父親竟然一直等著逃家的我。

父親曾經是愛我的，他會把小小的我抱在腿上喊：「心肝心肝——」他教我背唐詩，就著小小錄音機幫我抄新詩；他很得意地跟我的小學老師說：「我女兒長大要當詩人。」

在他健康安好的時候，他是守護我的大天使；當他毀壞破裂時，他是摧毀我的大惡魔。到底哪一個才是真正的父親？

父親走了，我才能夠正視他，正視所有的過往，那些暴烈、狂亂的日子。很多年以後，眷村改建，我們打包物件準備搬家，把父親的床移開後，發現他用毛筆在牆上寫著：「要忍耐！」

三十歲的我突然明白，當我們在承受痛苦的同時，父親也在承受被厭惡的苦，承受疾病的苦。

那句「要忍耐」，讓我開始理解父親。

斷氣的那一刻，他的靈魂有沒有給受苦的他一個大大的擁抱？

從世俗的角度來看，他的一生很失敗，他的孩子、家族都厭棄他、害怕他。但是從靈魂的角度看，他是這麼努力地在做功課。

而我的靈魂為我選擇了暴烈的父親與率性的母親，又是為什麼？

希望父親的靈魂在下一世為他選擇容易的功課。

我還沒走到終點，還在努力，一點一滴地參透人生。

2014.07.02

複檢

又過了三個月，又該回醫院檢查。從開刀到現在已經一年，再回到和信，想起初診斷的驚慌害怕，還是會感覺很沉重。

阿逑今天要做超音波、乳房攝影、驗血等等，還要回門診。在大廳走動時，想起這一年來生活、工作都有很大的改變，有種不真實感。醫院有一種很特殊的氛圍，醫院是被消毒過的，人世的憂愁煩惱不應該混進來。

正當我專心一志要感傷時，阿逑突然慘叫：「啊！我退休了，健保卡忘記更新，可能不能用！」

複診時間很難排，她竟然搞這種烏龍，莫非她又當機?!我瞪了她幾眼，馬上去櫃檯詢問，幸好過期了還是可以用。我繼續耐著性子陪她檢查，沒想到，去復健科拿診斷書時，她竟然又驚呼：「健保卡不見了！」

健保卡不是還拿在手上，怎麼會搞丟？做事情不能經心一點嗎？難道她還在害怕看診？都一年了，也該穩重點才對！

阿逑走路不方便，又急得要命，我低頭四處望，一路找回中央櫃檯，跟櫃檯小姐問半天，根本沒人看到。我只好再低頭亂找走回復健科。一到復健科櫃檯我就火大了，健保卡根本好好地插在復健科的報到櫃檯上。

搞什麼鬼！阿逑到底是太緊張還是太放鬆？我一整個大怒，她則被我的怒火嚇得不吭一聲。

把該做的檢查做完後，已近天黑，阿逑想趕回家，我卻抓著她到水鳥吃飯。難得兩個人有時間可以出門喘口氣，趕什麼呢？自從阿逑生活回歸正常後，我們就很少約會了，伴侶怎麼可以不約會！

我開開心心點了炸海鮮、德國豬腳，和兩瓶淡啤酒。我舉杯敬阿逑：「人生很短，要珍惜可以約會的時光。」

我們同時想起離去的黃老師，默默喝了一大口酒。沒多久我就喝醉了，趴在桌上說：

「可以約會就要珍惜喔。」

2014.07.07

我們

很久不見的朋友打電話來，關心地問：「你最近好嗎？」我哇啦哇啦講了很多，阿逑上禮拜到和信回診了，醫生說狀況很好喔！中醫的藥也從治療癌症改成保養身體囉！她最近很健康，我們很好！我囉囉嗦嗦講一大堆後，忍不住笑了。人家是問「你最近好嗎？」，講這麼多阿逑幹嘛？

不知道從什麼時候開始，我和阿逑密不可分，她好我才好，她不好我就不好。

年輕的時候，苦苦戀愛，想找到一個伴，那時候以為要從「我」，變成「我們」，是很困難的。

中年之後，有了長久穩定的關係，經歷一些生離死別後，我才明白，人生最痛苦艱難的，是從「我們」變成「我」。

2014.07.28

鮮花與雞湯

阿逑生日前一夜，一直嚷著頭痛，早早睡了。

她睡了，我還有幾十頁稿子要看，很花時間。嘴饞，雖然十一點了，還是去燉一小鍋雞湯，希望稿子看完後，可以喝碗雞湯。等湯滾時，去臥室看看阿逑，冷氣夠涼，她臉色卻有點難看。我摸摸額頭，沒發燒，還好。前兩天，她也是夜裡不舒服，我一邊掛心稿子來不及了，一邊掛心如果要急診是不是要去仁愛醫院，大半夜我可以找誰幫忙。

阿逑從昏沉中醒來，我輕聲說：「只是看你有沒有發燒，我幫你關燈，不要等我，你快睡吧。」我親了她的臉，希望她睡醒就能舒服一點。小狗乖乖的趴在床腳睡覺，房間好安靜。

晃進廚房，湯還沒滾，大約還要幾分鐘才能蓋鍋蓋關小火，廚房碗筷都收洗乾淨了，於是我晃回客廳，拿出放緞帶的盒子，決定幫今天買的花配一條緞帶。

自從搬到建國花市旁，我們家的花從來沒斷過，我一直覺得那是好好生活的象徵，家裡有花，表示我們生活得用心整齊，沒有亂了步調。

至於那一盒緞帶，是之前上班時，旁邊坐著跑精品線的同事，她們總是會收到很多用美麗緞帶包裹的禮物。我喜歡緞帶，不捨得它們就這樣被丟掉，於是跟隔壁同事說：「可以把緞帶留給我嗎？」從此，我桌上常常留著各色緞帶。

今天買的是黃色小玫瑰，綠色葉子很漂亮，整盆插在玻璃瓶裡，配了一個深綠色緞帶，好像有點沉重，最近心情不太好，應該要配飛揚一點的緞帶，順手拿起掛在一邊的亮橘色緞帶纏一纏，整盆花都笑了。

當生活有些沉重時，餐桌上能有一盆笑著的花，每天不經意看到，都會跟著笑。希望阿逑也要記得多看看這些微笑的花，跟著笑，跟著快樂，身體也會跟著好起來。不要生病，不要難受，我們一起買花、遛狗，好好過日子。

2014.08.17

淚海相伴

下午跟阿浤一起去看了〈淚光，度母的劇場〉，這齣戲是紀念大禪師波卡仁波切圓寂十週年，結合各種藝術，奚淞成就了舞台上的字畫，唐美雲吟誦佛經與詩詞，吳素君編織舞蹈，拿旺給秋吹奏藏笛。

所謂「度母」，是觀世音菩薩的眼淚，她感受到眾生痛苦，流下兩滴淚，化為白度母與綠度母，代表愛與慈悲。佛陀用淚海形容生命之苦：「在漫長的生命輪迴中，是眾生為苦流下的眼淚多？還是四海之水多？眾生遭受喪失慈母、喪失女兒眷屬、喪失財產、身忍疾病的痛苦。當你們遭受這些損失，在漫長旅途中流浪失所時，你們不得不結合所憎惡的事物，離別所喜愛的事物，因而悲傷哭泣，所流的眼淚多過四海之水。」

人生確實有很多苦，求成就的苦、尋愛情的苦、受離別的苦、忍生病的苦。過去這一年，我哭了無數次，雖然告訴自己不要這麼愛哭，眼淚就是不聽使喚流下來。不知是否已經流成一條小溪？

戲的第一幕就是「淚海」。第二幕是「如母」，誦念慈經；第三幕是「垂淚」，誦念普門品；第四幕則是「慈度」，誦念度母誦。每一段經文都直指人之痛苦，因為愛別離、怨憎會、求不得，所以痛苦。

因為有苦，所以生出慈悲。慈悲不是用腦子講道理，而是因為深深受過苦楚，所以明白別人的痛，所以願意放下恨意。因為明白自己的黑暗與無邊淚海，所以對萬事萬物都升起寬容之心。

因為知道生命太脆弱，所以不忍苛責。

最終幕，舞台上投影一片又一片葉子，葉脈交流，複雜而美麗，卻又無比脆弱，隨風飄流。我坐在黑暗的舞台下，淚流滿面看葉片飄零，彷彿無數生命經過眼前，我只能站在充滿愛憎離別苦的岸邊，看著她們凋零，無法觸及，更無法留下一片葉子。這就是空嗎？這就是離別嗎？

繁華俗世，我們常常迷惘在虛浮快樂中，忘了生命之苦，忘了人生不過如一片隨風飄落的葉子。我們在風中很認真地活著、搬演著。看起來很傻，卻傻得很美。

啊，浮生若夢，可這夢裡眼淚也太多了。

落幕前，奚淞回到台上，問：「是什麼因緣讓我們齊聚在此，聆聽佛法？」他緩緩念了一首詩：**靈山一別兩千年，盛世重逢豈偶然。細掬清泉揩老眼，撥開雲霧見青天。**

我聽著詩，又默默流下眼淚。如果連共聽佛法都需要這麼多因緣，那人與人相戀，又需要多少累世相約，才能重逢？要多少因緣，才能一起嘗到淚海的苦澀？

散戲後，我跟阿逑手牽手走出劇場，散步去逛ZARA HOME。我興奮地挑選桌布，阿逑拿著籃子跟在後面，我把白色茉莉花的擴香放進去，又把畫滿熱帶水果的桌巾也放進去，開心地說：「請客要用大花的，上次買純白餐巾，根本沒人敢用。」

阿逑笑笑：「對啊。可是，你要不要等買房子以後再買桌巾？」好像有道理，於是我難得乖巧地把桌巾、餐巾、擴香都放回去了。

兩手空空到樓上吃韓國料理，餐廳很大方地送了好多小菜。我忿忿不平講到上次去某餐廳吃飯，連多要一碟豆芽都不行，阿逑跟著附和、生氣。

我跟阿逑生活中的許多瑣碎小事，她都放在心上，這讓我很感動。我們不是胡亂湊合著過，我們對彼此都花了心思。吃著辣豆腐湯，心裡暖暖的。

我看著窗外繁華的信義區，忍不住問阿逑：「如果連一同聽佛法都需要這麼多因緣具足，我們能在一起十四年，需要更深的緣分吧？」

究竟是什麼樣的緣分，讓兩個這麼不同的人走在一起？光是想到這一點，都覺得莫名感動。

回家後，我打開〈淚海〉送給觀眾的禮物，是奚淞寫的〈慈經〉。

願我遠離苦惱，願我平安快樂。

願你遠離苦惱，願你平安快樂。

願一切世間眾生，無論柔弱或強壯，體型微小、中等或巨大，可見或不可見，居住在近處或遠方，已出生或尚未出生，願他們都能遠離苦惱，願他們都能得到平安快樂。

2014.10.31

沒有星星了

前陣子回和信做了大檢查後，今天終於要看報告。關於這一年來夠不夠努力、老天爺是不是願意眷顧我們，今天都將有答案。

我沒有太忐忑，因為上次檢查時，阿沭已經在乳房攝影室裡偷偷看了片子，左邊乳房全數切除，沒什麼好擔心；讓人牽掛的右邊乳房裡，只有一些小點點，沒有星星。

儘管如此，阿沭還是有些不安。畢竟身上曾經被做過記號，就算已經連根挖除，那曾經逼近死亡的感覺，還是緊緊跟隨。

「害怕嗎？」開車去和信的路上，我問她。

「本來很怕，想了幾天後就不怕了，我要相信我的努力，相信我可以抵抗惡性腫瘤！」

不怕就好。不怕，我們就可以更堅定地往下走。

進診間時，我們真的是熟門熟路，在像咖啡館一樣的婦女門診找個舒服位子窩著，醫師看診時間照例延遲了。我們低頭玩手機，偶爾交換一下臉書笑話。

突然聽到一陣歡笑聲，問我們要不要吃糖果？原來和信醫院有萬聖節發糖果的傳統，醫護人員穿著白雪公主裝、巫婆裝、獵人裝，手上提著可愛的小南瓜，裡面放滿糖果。真心覺得好溫暖。

坐在癌症醫院診間的人，無論是剛發現有惡性小星星的菜鳥，還是像我們這樣認出小點點就很開心的老鳥，心裡的恐懼與忐忑都未曾稍減。能夠有人帶著笑聲與糖果走來，真好。

笑嘻嘻吃了巧克力糖後，正好換我們看診。在小小診療室等待時，完整的報告已經傳送到電腦裡，我們兩個湊在電腦前偷看英文報告，感覺一切正常，可是又有幾個單字不怎麼認識，想多看一點，又不好意思把手伸過去撥弄滑鼠，好掙扎啊！

醫生很快就來了，用一貫明快爽朗的笑聲跟我們打招呼，好久沒見到醫生了，看到他感覺很安心。今天照例先做觸診，醫生的手術不只成功，傷口癒合得也很漂亮，沒有讓人害怕的刀疤狀，只有一道隱形的疤，輕輕地橫過阿述胸口。我對醫師充滿感謝，伸手撫過那道幾乎看不見的疤痕，跟醫師說：「謝謝，你開得真好。」

觸診順利平安，沒有任何惡性的可能。我們認不出的幾個單字也無大礙，一年一度的大考過關了！

中午的胸腔外科看診結束後，還得等傍晚的婦科門診。我們決定利用等待的空檔，去天母SOGO逛逛。在明亮的百貨公司看看美麗的生活用品，買一些好吃的食物，是尋常日子的小小幸福。

為了慶祝檢查報告安全過關，我特別買了三百元一支的GODIVA巧克力霜淇林，跟阿述一起吃，阿述直說好吃！

阿述今天更豁出去了，買了很貴的歐洲瓷器當作給自己的禮物，我們告訴店員這是禮物，請包裝得精緻些。阿述日子過得很簡省，一下子提著兩大袋高級瓷器，人整個都虛榮起來，眼睛亮了，背也挺得更直了，很可愛。

走累了，我們到SOGO頂樓找個靠窗的位子坐下，吃一些點心後，打開各自的電腦，阿逑改文章，我寫專欄罵人。陽光斜了，原本垂掛的灰色窗簾緩緩向收，光灑進來，我跟阿逑一起往外看，天空很藍，人生很美好。

我們可以一起經歷這一切，沒有在恐懼前失去歡笑的能力，好好地工作、過日子，好好相愛。

我對這一切心存感激。

2015.01.26

恍如隔世

整理書桌時，突然看見一張小紙條，上面密密麻麻寫著去年回診的注意事項。

十月十一日（六）

10: 40 一樓二號超音波室報到，照肝膽。

☆ 11: 50 婦女門診做乳房攝影，不可以遲到！

禁食六小時，凌晨四點四十分以後不可以吃任何東西！

十月三十一日

11: 05 乳房外科回診。

17: 50 婦產科門診。

看到這張紙條，想起過去兩年小心翼翼，勤謹不敢輕忽。

而今，一切平安。乳癌風暴恍如隔世。

2015.02.16

顧上一壺茶

我們家的餐桌上，從來不避諱談生死。今天吃早餐時，講起作家王宣一突然過世，雖然與她並不熟識，想起來心裡還是很沉重。

我忍不住問阿逑：「如果你此刻突然走了，最遺憾的事情是什麼？」

「沒有寫遺囑。」

「你有什麼話想跟我說嗎？」

「去談戀愛，好好照顧自己。」

我感動得都快哭了，卻猛然想起：「咦？我以為你會說那塊地就送給我了。」

「並不會，你想太多了。」

「……不然你問我！」

「你如果此刻死了，最遺憾的是什麼？」

「我最怕的就是現在死了，我寫到一半的書根本沒有人可以接手，怎麼辦！」我焦慮地抱頭尖叫。

我當然會牽掛母親、小狗，更牽掛阿逑，但是我也相信生命會自己找出路。我對於沒有好好收尾的工作，真的好抱歉。

鬼扯一陣後，阿逑該出門工作了。她這幾天要帶整日工作坊，很辛苦。我起身到廚房泡一壺養生茶，剝一粒大棗、幾顆帶子桂圓、一小撮乾薑、一小把黑糖。她每天出門都帶上一壺，補氣養身。

生死有命，現在嚷嚷放不下稿子，真的到要臨死的那一刻，小狗都顧不上了，怎麼顧得上稿子？

眼下能夠顧得上的，也就只有一壺茶。那樣也足夠了。

2015.03.20

還是會害怕

日子過得看似清爽，心裡其實還是害怕的。

前幾天跟朋友在臉書上敘舊聊天，突然有人提起某某的姊姊過世了，我問原因，朋友沒多想就說：「乳癌。」我的眼淚啪地掉下來。

原來我還在害怕。

阿逑生病後，我養成一個古怪又黏膩的習慣。只要阿逑出門，不管是遛狗、開會，還是回台中，我一定會放下手邊的事，衝到門口緊緊抱她一下、親她一下。

生死無常。如果這次就是永別，至少我擁抱她了。
如果現在就是最後一次說再見，一定要很相愛地道別。

2015.04.04

每一天都很幸福啊

今天是我跟阿逑在一起十五年紀念。

我問她：「這十五年來，你覺得最幸福的事情是什麼？」

阿逑歪著頭想了一下：「都很幸福啊。」

每一天都很幸福啊？這樣真是太好了。

親愛的阿逑，我也是這麼認為。一直都很幸福的。

我又問她：「那你什麼時候認定就是我了？」

阿逑想了一下，很不好意思地笑：「生病之後。」

「生病之後？那不就是這一兩年的事情？」

阿逑尷尬地笑了。她這個人真的什麼都慢。明明感覺幸福，卻在大病之後才敢認定，才會放心。

我認定阿逑，卻是幾年前。那天，我終於提筆寫父親的故事，才寫了幾句，就淚眼婆娑走出書房。阿逑正在餐桌上看稿子，只開了一盞昏黃桌燈，其餘的地方都是黑暗。我不發一語，穿過餐廳，躺在暗暗的客廳沙發上痛哭。

阿逑靜靜地坐在一旁陪我，她沒有碰我，也沒有說話，她只是靜靜地坐在我身邊。她明白我的痛苦。在那一刻，我就認定是她了。我也許可以遇到能夠一起生活的人，或者更好玩的人，卻只有阿逑能夠走到我心裡最深的地方，溫柔地陪伴著。

生活中瑣瑣碎碎的小事，是我們在一起的基礎，但唯有走進心裡最黑暗的地方，才能夠真正的認定。

遇到阿逑，是我人生中最幸運的事，願我能一直保有這份幸運，跟阿逑牽手到老。

如果我們真的分開，至少每一天都是幸福的。能夠如此，我無比感恩。

〈附錄一〉

打破網羅，拒絕成為法律上的陌生人

自強與阿永是對男同志伴侶，在一起十幾年，共同買了房子，登記在較年輕的自強名下。兩人精心設計居家空間，每個月都簡省娛樂支出，下了班就窩在家裡，享受兩人世界。因為年輕體健，自強與阿永並沒有想到設定產權等問題，也沒有預立遺囑。沒想到，自強卻意外死亡，阿永除了悲傷伴侶驟世，還得處理很多財務問題。自強與家人的關係很疏離，他死後，父母是他的法定繼承人，這才發現他有一棟房子，他們決定收回那棟房子，把阿永趕出去。雙方最後只好走上法院。在法庭上，阿永提出每月的房貸匯款證明房子的房貸是共同支付，對方律師卻指稱：「那只是房租。」最後法官要雙方各退一步，阿永必須搬走，自強的父母則把阿永的匯款全數退還給他。

法官給阿永一個禮拜搬家，阿永每天茫然的「回家」，不知從何收拾起。最後，他只帶走自己的衣物，他說：「我想拿走我喜歡的杯子，可是我拿走了，那個家就缺了一角；我想拿走牙刷，卻看到自強的牙刷留在杯子裡，好孤單。對外人來說，那只是棟房子，對我來說，那卻是家。只要我不移動任何東西，家就會好好地在那裡吧？」

在同志婚姻尚未合法化以前，同志伴侶並不受到法律的保障，是「法律上的陌生人」。若希望保障另一半的權益，一定要在生前做好規劃，無論是財產、醫療等，都要盡量訂定書面契約，重要文件一定要到法院公證，用契約關係把二人間的財產關係合法化。

以下是同志伴侶最常遇到的幾個問題。

▲當伴侶生病時，我是否有醫療決定權？

根據醫療法第六十三條，關係人皆可行使醫療同意權，衛生署也曾經函釋，所謂關係人的界定包括「同居人」、「摯友」。然而，在實際情況上，醫護遇到重大決定包括截肢、插管、放棄急救等，為了自我保護，通常還是會要求家屬簽名。

為確保同志伴侶行使醫療同意權，可以事先簽署聲明書，授與伴侶在醫療法上的一切權利。聲明書最好到法院公證，更具效力（醫療聲明書見〈附錄二〉）。二〇一五年十月起，凡設籍在台中的同志，可以到戶政單位辦理註記，台中市內的醫療院所將認可註記雙方為重要關係人，有簽署同意書的權利。台北市、高雄市僅能註記為伴侶，有特殊需求時，仍需特別行文。

▲當伴侶失去意識，我是否擁有探視權？

如果伴侶中風或者失智，被監護宣告，法院會按照親屬關係指定監護人，通常配偶是第一順位，接著是父母、子女，同志伴侶因為不是法定的配偶，無法成為監護人。探視權由監護人掌握，如果監護人拒絕，即使是相守數十年的同志伴侶都不能探視。

▲是否可以將伴侶設定為保險受益人？

法律上並沒有限制朋友不能為保險受益人，但是保險公司害怕有道德危險，可能會刁難。通常只要先設定家人為受益人，保單通過後再修改受益人名字即可。

但申請身故理賠需要死亡證明與戶籍謄本，最好的方式是設定兩位受益人，並分配理賠比例，例如家屬10％，伴侶90％。由於保險給付是一次核覆，只要家屬提出申請，保險公司就按比例會核發理賠金。

▲同志伴侶共同購屋，如何處理產權問題？

處理產權目前有三種常用方式，共有、抵押設定與假名，各有優點與風險。以共有方式處理產權，貸款成數可能降低，且一方亡故後，其親人仍擁有部分房產的繼承權，容易有糾紛。

抵押設定常用負債抵押，不過在法庭上打官司時，極可能被判定抵押權不存在，是虛偽的抵押。

借名登記則是委請律師寫好借名契約，到法院公證，在法庭上是正式的證據。許多公司合夥人也是用借名登記的方式保障公司的不動產。然而借名登記也非萬全方法，在法庭上仍有爭論。

▲伴侶生活常共用帳戶，卻很容易在一方病重時因為提領錢財，被告侵佔，要如何避免？

雙方的共同帳戶可以做授權聲明，表明帳戶內的錢財是雙方共有。經濟能力較佳者，可以用授權書的方式，讓對方使用特定帳戶內的金錢。伴侶間也可以訂定伴侶契約，連兩人生活中的水電費、房租等規範都清楚載明，以免日後與家屬的糾紛。

▲遺囑該如何設計才有效力？

手寫的預立遺囑稱為「自書遺囑」，從頭到尾都必須用手寫，不可打字。自書遺囑有法律效益，但仍然建議到法院公證，以避免亡故之後的爭議。

自書遺囑還有另一個好處，親屬看到亡著的親筆書信總會被感動，多少會因此尊重遺囑內容。不過法律上保障親屬的特留分，不會因為自書遺囑而改變，仍舊有部分財產依法仍應由親屬繼承。

感謝「德臻法律事務所」提供法律諮詢

〈附錄二〉

醫療委託授權書

授權人：○○○
受託人：○○○

授權人與受託人間為伴侶關係，兩人平時共同生活、互相照顧，今授權人謹聲明受託人為本人之伴侶，為醫療法第63條所稱之「關係人」；此外，授權人並授予受託人以下醫療上之權利：

1受託人有權簽署授權人之手術同意書。
2受託人有權代理本人為所有與醫療有關之決定及簽字。

授權期限：自委託之日起至代理事項辦妥為止。

授權人：

中華民國　　年　　月　　日

國家圖書館預行編目資料

說好一起老／瞿欣怡著. --初版. --臺北市:寶瓶文化, 2015. 10
面； 公分. --(Vision；128)
ISBN 978-986-406-031-3 (平裝)

855 104020356

Vision 128

說好一起老

作者／瞿欣怡

發行人／張寶琴
社長兼總編輯／朱亞君
主編／張純玲・簡伊玲
編輯／賴逸娟・丁慧瑋
美術主編／林慧雯
校對／賴逸娟・陳佩伶・劉素芬・瞿欣怡
業務經理／李婉婷
企劃專員／林歆婕
財務主任／歐素琪 業務專員／林裕翔
出版者／寶瓶文化事業股份有限公司
地址／台北市110信義區基隆路一段180號8樓
電話／(02) 27494988 傳真／(02) 27495072
郵政劃撥／19446403 寶瓶文化事業股份有限公司
印刷廠／世和印製企業有限公司
總經銷／大和書報圖書股份有限公司 電話／(02) 89902588
地址／新北市五股工業區五工五路2號 傳真／(02) 22997900
E-mail／aquarius@udngroup.com

法律顧問／理律法律事務所陳長文律師、蔣大中律師
如有破損或裝訂錯誤，請寄回本公司更換
著作完成日期／二〇一五年九月
初版一刷日期／二〇一五年十月
初版二刷日期／二〇一五年十月二十三日
ISBN／978-986-406-031-3
定價／三〇〇元

愛書人卡

感謝您熱心的為我們填寫，
對您的意見，我們會認真的加以參考，
希望寶瓶文化推出的每一本書，都能得到您的肯定與永遠的支持。

系列：Vision128　**書名：說好一起老**

1. 姓名：＿＿＿＿＿＿　性別：□男　□女
2. 生日：＿＿年＿＿月＿＿日
3. 教育程度：□大學以上　□大學　□專科　□高中、高職　□高中職以下
4. 職業：＿＿＿＿＿＿
5. 聯絡地址：＿＿＿＿＿＿＿＿＿＿＿＿

   聯絡電話：＿＿＿＿＿＿　手機：＿＿＿＿＿＿
6. E-mail信箱：＿＿＿＿＿＿＿＿＿＿

   □同意　□不同意　免費獲得寶瓶文化叢書訊息
7. 購買日期：＿＿年＿＿月＿＿日
8. 您得知本書的管道：□報紙／雜誌　□電視／電台　□親友介紹　□逛書店　□網路　□傳單／海報　□廣告　□其他
9. 您在哪裡買到本書：□書店，店名＿＿＿＿　□劃撥　□現場活動　□贈書　□網路購書，網站名稱：＿＿＿＿　□其他＿＿＿＿
10. 對本書的建議：（請填代號　1. 滿意　2. 尚可　3. 再改進，請提供意見）

    內容：＿＿＿＿＿＿

    封面：＿＿＿＿＿＿

    編排：＿＿＿＿＿＿

    其他：＿＿＿＿＿＿

    綜合意見：＿＿＿＿＿＿＿＿＿＿＿＿
11. 希望我們未來出版哪一類的書籍：＿＿＿＿＿＿＿＿

讓文字與書寫的聲音大鳴大放

寶瓶文化事業股份有限公司

（請沿此虛線剪下）

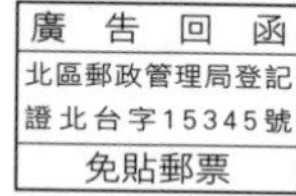

寶瓶文化事業股份有限公司　收

110台北市信義區基隆路一段180號8樓

8F,180 KEELUNG RD.,SEC.1,

TAIPEI.(110)TAIWAN R.O.C.

（請沿虛線對折後寄回，謝謝）